**Ljubica Poscic**

# *Nach*
## *Deutschland . . .*

# niemals !

Vorwort

**Die Geschichte meiner Familie**
Diese wahren Erinnerungen aufzuschreiben war für mich, in dieser Zeit, auch eine Art Therapie, mein Wille und Lebenskampf, nach einer zweiten, bösartigen Erkrankung, mit der ich immer noch kämpfe, und die schon damals in vollem Gange war.

Ich bedanke mich bei allen, die mir ein schönes Leben gegeben haben.

Bibliografische Information
der Deutschen Nationalbibliothek:

Die Deutsche Nationalbibliothek verzeichnet
diese Publikation in der Deutschen National-
bibliografie; detaillierte bibliografische Daten
sind im Internet über http://dnb.dnb.de ab-
rufbar.

Herstellung und Verlag:
BoD – Books on Demand, Norderstedt

ISBN: 9783756811403

# Erinnerungen

Mein Weg nach Deutschland
Freitag, 22. August 1997 / Ich fahre mit dem Bus zurück von Zagreb nach Opatija. Obwohl der Bus voller Fahrgäste ist, fühle ich mich einsam, sehr einsam, weil ich weit von denen entfernt bin, die ich liebe. Sie sind weit von mir entfernt, aber in meinen Gedanken sind sie nah bei mir. Meine Gedanken sind abgewandert in die Vergangenheit.

Ich weine, und kann die Tränen nicht zurückhalten die über mein Gesicht fließen. Warum weine ich? Ich weine, weil ich leide. Warum leide ich?

Deinetwegen, mein Sohn. Ich leide und weine, weil ich liebe. Ich schäme mich nicht zuzugeben, dass ich liebe und leide.

Deshalb schäme ich mich nicht zu weinen, ich schäme mich dieser Tränen nicht, die mich ersticken. Aber wie kann ich sie aufhalten? Ich werde versuchen sie aufzuhalten, mit diesem kurzen Geständnis aus meinem Leben.

Kroatien, an den Hängen von Medvedica, unterhalb von Sljeme, am Rande der Stadt Zagreb in wunderschönem Grün, liegt mein Geburtsort Markuševec. In diesem kleinen, malerischen Ort habe ich meine glückliche und unbeschwerte Kindheit verbracht.

An einem kalten Dezemberabend im Jahr 1969, ich war zwanzig, bereitete ich mich darauf vor, mit meinen Freunden auszugehen, in die „Chaga" .

Ich erinnere mich gut, es war Sonntag, und jeden Samstag und Sonntag war Tanz in den ehemaligen Räumlichkeiten der alten Schule „Chaga". Die Band "Johnny Gligorov" spielte, damals der einzige Spaß für uns jungen Leute.

Vorher hielten wir im Restaurant an. Wir setzten uns, bestellten einen Drink, mein Blick wanderte durch die Bar und blieb am Nebentisch hängen. In der Gesellschaft junger Männer, die ich kannte, sah ich ein fremdes Gesicht. Die ganze Zeit habe ich dieses Gesicht heimlich beobachtet und darüber nachgedacht, wer es wohl sein könnte, und wie es kommt, dass er in dieser Gesellschaft ist, denn ich habe ihn weder in Markuševec noch bei "Chaga" gesehen.

Er schien meinen beharrlichen Blick zu spüren, weil er in meine Richtung schaute und unsere Blicke sich trafen. In diesem Moment verspürte ich den Drang, diesen unbekannten, fremden jungen Mann kennenzulernen. Wir tranken etwas und gingen zu „Chaga", aber das unbekannte Gesicht des jungen Mannes, seine dunklen Haare und der Blick, den er mir beim Abschied zuwarf, verschwanden nicht vor meinen Augen. Werde ich ihn noch sehen? Kommt er zu "Chaga"?

Mein Wunsch, ihn bei „Chaga" zu treffen, geht in Erfüllung. Er erscheint mit den Freunden und unsere Blicke treffen sich wieder. Der Abend vergeht, ich wünschte, er würde mich zum Tanzen auffordern, aber nichts passiert. Er steht an der Seite, sieht den anderen beim Tanzen zu und blickt in meine Richtung. Ich habe das Gefühl, er würde es wollen, aber er hätte Angst, mit mir zu sprechen und mich zum Tanzen aufzufordern.

Ich weiß nicht warum, vielleicht hat er Angst, dass ich ihn abweise. Ich beobachte ihn, und überlege, was ich tun soll, und gleichzeitig wächst meine Neugier. Warum tanzt er nicht? Wenn er also nicht den ersten Schritt macht, werde ich es tun! Warum nicht? Und wenn er meine Bekanntschaft nicht will? Doch der Blick, den er mir zuwirft, sagt mir etwas anderes. Ich werde es versuchen.

„Wann ist wieder Damenwahl?", frage ich die Jungs, die spielen. Sie kündigten es direkt an. "Dieser Tanz wird von den Damen gewählt."

Ich war sofort bei ihm und dachte nicht daran, dass vielleicht seine Antwort auf meine Frage - „tanzt du" - vielleicht nein sein könnte. Ich habe die Antwort nicht gehört, aber ich weiß, dass es nicht „nein" war, weil ich in seinen Armen war und wir haben angefangen zu tanzen.

Aber was für eine Katastrophe, jetzt wird mir klar, warum er nicht tanzt, er hat „zwei linke Beine", sagen wir zu jemanden, der nicht tanzen kann.

Ich war ein wenig enttäuscht darüber, aber trotzdem froh, dass er mich nicht abgewiesen hat. Wir drehen uns langsam im Kreis, versunken in unsere eigenen Gedanken. Wir tanzten drei Tänze, ich bedanke mich bei ihm und kehrte zu meinen Freundinnen zurück in der Hoffnung, dass er jetzt mich zum Tanzen auffordern würde. Aber ich habe mich getäuscht.

Seine Gesellschaft tanzt und er steht allein da und schaut zu, und ich, ich schaue zu ihm. Er kam mir verloren vor, vielleicht schämt er sich, dass er nicht tanzen kann, oder traut er sich nicht, mich zu holen?

Nun, so gruselig ist es nicht, er lernt tanzen, warum kommt er nicht? Hat er nicht den Mut? Ich weiß nicht, was mit mir passiert ist, aber mein Wunsch war groß, ihn kennenzulernen, seinen Namen herauszufinden, herauszufinden, wo er herkommt.

„Dieser Tanz wird von den Damen ausgewählt", verkünden die Jungs erneut, und ich bewege mich bereits in seine Richtung, weil ich befürchte, dass ein anderes Mädchen vor mir ihn zum Tanzen auffordert.

Wir drehen uns wieder langsam um, jetzt etwas besser im Takt. Ich versuche noch einmal ihm näherzukommen.

*"Ich bin Ljubica und du"?* **„Darko".** *"Ich habe dich hier bei „Chaga" noch nicht gesehen."* **"Das ist das erste Mal, dass ich hier bin."** *"Woher kommst du"?* **"Aus Opatija".** *"Freund von Miro"?* **"Ja".** *"Zu Besuch bei ihm"?* **"Nein, ich studiere in Zagreb."** *"Wow, Student, was studierst du?"* **"Außenhandel".** *"Welches Jahr"?* **„Erstes".** *"Und wo ist dein College?"* **"Auf dem Kennedyplatz."**

Die Jungs kündigen eine Pause an. Wir trennen uns und jeder geht zu seinen Freunden. Meine Freundinnen sind neugierig. *"Hast du ihn kennengelernt?"*

*„Ja, Darko aus Opatija studiert im ersten Jahr Außenhandel, ein Freund von Miro. Das ist alles, was ich aus ihm herausbekommen habe."*

Student, Student, ich denke immer wieder darüber nach, was sollte ein Student mit einer Maschinen-Schlosserin, die in der

Schuhfabrik „Astra" in Zagreb arbeitet, anfangen? Bei ihm habe ich keine Chance.

Die Pause ist vorbei und die Tanzmusik setzt wieder ein. Plötzlich steht er vor mir und bittet mich mit leiser, sanfter Stimme zu tanzen. Wortlos ging ich vor ihm her. Ist das wahr, er kam zu mir und forderte mich zum Tanzen auf?

Ich habe vergessen, dass er nicht tanzen kann, ich habe vergessen, dass ich Maschinen-Schlosserin bin und er Student, in diesem Moment waren nur wir beide da.

Er begann Fragen zu stellen, ob ich in Markuševec lebe, woher ich Miro kenne, welche Schule ich abgeschlossen habe usw. Nun weiß er etwas von mir. Wie wird es mit unserer Bekanntschaft weitergehen? Überlassen wir es der Zeit und dem Schicksal! Den Rest des Abends blieben wir zusammen.

„Letzter Tanz für heute Abend, bis nächsten Samstag", verkündete die Band. War es auch für uns der letzte Tanz, werde ich ihn noch einmal sehen?

„**Sehen wir uns nächsten Samstag?**", kommt eine Frage von ihm. "Sicher." "Bis Samstag, tschüss!" ***"Bis Samstag, tschüss!"***

„Ich glaube nicht, dass er am Samstag auftaucht", sage ich meinen Freundinnen. Student, Student, ich denke ständig darüber nach. Mit etwas Ungeduld wartete ich auf den kommenden Samstag.

Es ist Samstag, meine Freundinnen und ich sind bei "Chaga", aber er ist noch nicht da. Wird er kommen, fragte ich mich unzählige Male? Endlich tauchten seine Freunde auf und er mittendrin. Sein Blick wandert durch die Halle und bleibt bei mir hängen. Er lächelt und geht in meine Richtung.

„**Hallo**", grüßt er, „**hier bin ich.**" *"Schön, es freut mich, hallo."*

Wir blieben an diesem Abend zusammen und jeder Tanz gehörte uns. Wir harmonisierten den Rhythmus, als ob wir monatelang zusammen getanzt hätten. Nach dem Tanz fragte er mich, ob er mich nach Hause begleiten kann.
*„Wenn Du willst, kannst Du."*

Vom Mondlicht erhellt, machten wir uns auf den Weg zu meinem Haus. Plötzlich hielt er an, umarmte mich und drückte mir sanft einen Kuss auf den Mund. Ich war überrascht, ich hatte nicht gehofft, aber ich wünschte es mir den ganzen Abend.

**"Ich kann morgen nicht kommen, wir sehen uns nächsten Samstag."** *„Und ein Tag in der Woche?",* frage ich ihn. **"Leider habe ich jeden Morgen Vorlesungen und muss nachmittags lernen, weil ich mich auf einige Prüfungen vorbereite."** Ah ja, Student, Student. *"Gut bis Samstag."* *"Tschüss:"* **"Tschüss"**

Diese Woche war lang für mich. Endlich kam der Samstag und mit ihm mein Darko. Ich bin glücklich, weil er gekommen ist, glücklich, dass er bei mir ist, glücklich, dass wir den Abend zusammen mit Tanzen verbracht haben.

Beim Abschied sagt er mir, dass er zum Jahreswechsel nach Opatija fährt und wir uns erst nächstes Jahr sehen werden. Ich war traurig, aber was sein muss, können wir nicht ändern.

Er war damals ständig in meinen Gedanken, ich spürte, dass meine Gefühle den Weg der Liebe gehen und dass ich mich verlieben konnte. Aber nein, nicht, du darfst nicht, du kennst ihn noch nicht gut, sagte ich zu mir. Solltest du wieder leiden, wenn deine Liebe nicht erwidert wird? Warte, du hast Zeit, sei vorsichtig.

Der mit Spannung erwartete Samstag ist gekommen. Mit Ungeduld warte ich, dass er erscheint. Wird er kommen? Ich bin immer noch unsicher.

Da ist er, er ist gekommen. Ich renne zu ihm, er umarmt mich zärtlich, wünsche mir ein frohes neues Jahr und sage: *"Ich habe dich so sehr vermisst."* **"Und ich dich auch."** Ich war ungewöhnlich froh, dass er bei mir war, dass er mich nicht vergessen hatte.

Wir konnten uns unter der Woche nicht sehen, weil er lernen musste, er bereitet sich noch auf die Prüfungen vor. Wir haben also nur Samstag und Sonntag, um uns zu sehen. Am folgenden Samstag kam er pünktlich an.

**"Ich muss mit dir reden."** *"Sehr wichtig?"*
**"Ja für mich."** „*Was ist passiert, wenn es so wichtig ist?*"

Ich beobachte ihn, er kommt mir verloren vor, irgendetwas beschäftigt ihn, worüber wollte er mit mir reden? Wird das jetzt das Ende einer Liebe sein, die noch nicht einmal begonnen hat? Haben Studenten keine Zeit für die Liebe?

Umarmt geben wir uns der Musik hin, er streichelt sanft mit seiner Hand durch mein Haar und flüstert in mein Ohr: **„Ich liebe dich."** Ist es ein Traum oder Realität? Er hat mir gesagt, dass er mich liebt!

Ich liebe dich auch, wiederhole ich mir, aber diese Worte kommen nicht über meinen Lippen. Warum bringe ich nicht den Mut auf, ihm zu sagen, dass ich ihn auch liebe?

Plötzlich zeigt er mir das Bild eines jungen Mannes in Militäruniform.

**"Das ist mein Bruder."** *"Er sieht gut aus und ist dir sehr ähnlich."*

Er steckt das Bild in seine Jackentasche und kurz darauf nimmt er es wieder heraus und zeigt es mir erneut.

**"Schau dir das Bild genau an, das ist nicht mein Bruder, das bin ich, als ich in der Armee war."** *„Du warst bei der Armee, sehr schön, die Uniform steht dir gut. Wo warst du bei der Armee?"* **"In Čakovec."**

Nach einer Weile geht es wieder los.

**„Ich muss dir noch etwas sagen, ich weiß nicht, wie ich anfangen soll, ich fürchte, du wirst wütend auf mich sein. Ich wünschte, wir wären allein, während ich dir das erzähle, was mich quält."**

Warum ist er so mysteriös, ist er vielleicht verheiratet oder hat er eine Freundin in Opatija? Umarmt verließen wir den Ballsaal, bevor der Abend zu Ende war. Wir kamen nicht weit, er blieb stehen, nahm meine Hände und fing an zu reden.

**„Alles, was ich dir über das Bild gesagt habe, was ich dir gezeigt habe, ist nicht**

wahr. Die einzige Wahrheit ist, dass ich auf dem Bild bin. Als wir uns kennengelernt haben, habe ich dir gesagt, dass ich studiere, was auch nicht stimmt. Ich habe die Modelschreiner-Schule abgeschlossen und bin jetzt in der Armee in Zagreb. Bei Miro habe ich mich umgezogen, denn wer sieht schon gerne Soldaten. Jetzt kennst du die Wahrheit, ich hoffe, dass sich zwischen uns nichts ändert und du mir meine Lüge verzeihen kannst."

Er sagte diese Worte ohne Pause. *"Nein, das wird es nicht."* **"Sicher?"** *"Sicher!"*

Er atmete erleichtert auf. „**Ich kann es einfach nicht glauben. Stört dich nicht, dass ich Soldat bin?**" *"Warum sollte es mich stören?"* **"Mädchen mögen Soldaten nicht wirklich."** *"Nicht alle Mädchen sind gleich."* **"Wird sich wirklich nichts zwischen uns ändern?"** *"Das wird es wirklich nicht."*

„Tut mir leid, es ist schon spät, ich muss den Bus erreichen. Am Samstag ist Miro nicht da, es sind Ferien und er fährt nach Opatija, also kann ich mich nirgendwo umziehen. Stört es dich, wenn ich in Uniform komme?" *"Nein."*

„Ich werde nicht lange bleiben können, weil ich Dienst habe, ich bin Kranken-wagen-Erste-Hilfe-Fahrer. Ich werde nur kurz mit dem Auto kommen." *"Gut."*

"Ich hoffe, es ist noch nicht zu spät, um neu anzufangen. Jetzt ist mir ein Stein vom Herzen gefallen, wo du die Wahr-heit kennst. Vergiss nicht, ICH LIEBE DICH. Tschüss. " *"Tschüss."*

Er drückte mir einen sanften Kuss aufs Ge-sicht und ging. Ich sehe ihm nach, sein Schatten verschwindet langsam in der Dunkelheit. Ich blieb stehen, hatte nicht die Kraft mich zu bewegen und Tränen rannen über mein Gesicht, als ob sie seinen Kuss auslöschen wollen.

Warum weine ich? Ich weine, weil ich ihn von ganzem Herzen liebe und er mit mei-nen Gefühlen spielt. Ihm ist jetzt ein Stein vom Herzen gefallen und wie sieht es um mein Herz aus, ist der Stein noch da? Ich hatte Mühe, mich nicht so schnell zu verlieben, aber es ist schwer, gegen die Liebe anzukämpfen, sie kommt plötzlich.

Wahrheit, was ist die Wahrheit von all dem? Was kann ich glauben, alles Lügen? Wenn er ein Soldat ist, warum hat er mich angelogen und gesagt, dass er ein Student ist, wenn er ein Student ist, warum sagt er dann, dass er ein Soldat ist?

Hat er gelogen, als er mir gesagt hat, dass er mich liebt? Warum habe ich Pech in der Liebe, warum muss ich ständig leiden? Fragen, Fragen, Antworten habe ich keine. Ich stehe immer noch still da, ich weiß nicht, was ich von all dem halten soll. In diesem Moment kommen meine Freundinnen.

„Was ist passiert, du siehst aus, als hättest du erfahren, das Ende der Welt kommt?", fragt mich Slavica. "Genauso ist das."

Ja, ich hatte in diesem Moment das Gefühl, als würde für mich das Ende der Welt kommen. Alle meine Hoffnungen und Wünsche wurden zerstört, es gibt eine Leere in meinem Herzen, keine Leere, denn er ist in meinem Herz. Der Schmerz, der mich erstickt, bleibt.

Ich habe kurz erzählt, was ich herausgefunden habe. "Nun, es ist nicht so schlimm, besser ein Soldat als ein Student, zumindest sind sie treu", sagte Dubravka.

In dieser Nacht konnte ich nicht ruhig schlafen, er war ständig in meinen Gedanken. Ich lebte die ganze Woche wie in einem Albtraum und redete immer wieder mit mir selbst, sei geduldig, wenn er am Samstag in Militäruniform auftaucht, dann ist er wirklich Soldat, wenn er nicht kommt, dann ist das noch eine schmerzhafte Erfahrung mehr. Es war eine lange Woche für mich. Ich warte gespannt auf Samstag, der mir Glück oder Leid bringen würde.

Bei "Chaga" schaue ich ständig in Richtung Eingang, ob er erscheint, ob ich ihn in seiner Uniform erkenne. Er kam, stand in der Tür und sah sich unsicher um, als hätte er Angst hereinzukommen. Lächelnd nähere ich mich ihm. Es war ein Lächeln der Erleichterung für ihn und mich.

Ich war glücklich, glücklich, weil er wegen mir kam, glücklich, weil er Soldat war und nicht Student, glücklich, weil er den Mut hatte, in Uniform zu kommen. Ich mag ihn nicht weniger, weil er in Uniform ist, ich liebe ihn sogar noch mehr. Wir geben unserer Liebe noch eine Chance, fangen wir neu an, sagte ich mir.

Er konnte nicht lange bleiben, aber wir nutzten die wenige Zeit, die wir zusammen verbrachten, um uns zu unterhalten.

**„Ich hatte Angst zu kommen, ich hatte Angst, dass du mich nach all dem nicht sehen wolltest, sorry, wenn ich dich verletzt habe. Nach unserem ersten Tanz fragte ich mich, was ich antworten würde, wenn du mich fragen würdest, was ich in Zagreb mache. Wenn ich dir sage, dass ich ein Soldat bin, würdest du sicherlich nichts mit einem Soldaten zu tun haben wollen.**

**Ich habe gelogen, weil ich deine Bekanntschaft wollte, aber der Soldat stand zwischen uns. Während ich Silvester zu Hause war, wurde mir klar, dass**

ich dich vermisste, dass du mir mehr bedeutest als eine flüchtige Bekanntschaft, dass du dich in mein Herz geschlichen hattest. Meine Gedanken waren immer bei dir in Markuševec. Ich konnte es kaum erwarten, nach Zagreb zurückzukehren. Ich musste all meinen Mut zusammennehmen und dir die Wahrheit sagen.

Ich weiß, dass du damals, als ich dir alles von mir erzählte, nichts glauben konntest, und ich könnte dich nicht dafür verurteilen, wenn du unsere Bekanntschaft abgebrochen hättest.

Ich bin ungewöhnlich froh, dass es dir nichts ausmacht, dass ich Soldat bin. Ich hoffe, dass ich nicht wieder in eine Situation komme, in der ich lügen muss.

Ich habe am Dienstagabend in Maksimir auf dich gewartet, als du nach der Arbeit nach Hause gingst. Ich stand an einem Obstkiosk, hast du mich denn nicht gesehen?"

*"Nein, warum hast du dich nicht gemeldet?"*

„Wenn du allein gewesen wärst, hätte ich, aber du warst mit deinen Freundinnen zusammen. Ich hatte nicht den Mut mich zu melden, ich hatte Angst vor deiner Reaktion, wenn du mich in Uniform siehst."

*"Ach was, ich habe dich wirklich nicht gesehen."*

„Danach dachte ich, du willst mich vielleicht nicht sehen, dass die Uniform deine Gefühle für mich verändert hat. Warum habe ich dir nicht gleich gesagt, dass ich Soldat bin, da hatte ich noch nicht gedacht, dass aus unserer Bekanntschaft mehr werden würde.

Ich muss dir noch was sagen, ich hatte eine Freundin in Opatija, Davorka heißt sie, wir kannten uns schon lange. Als ich zur Armee ging, weinte sie und sagte zu mir, sie würde auf mich warten, weil sie mich liebt. Sie konnte es nicht abwarten und tröstete sich schnell mit meinem besten Freund. Ich habe darunter sehr gelitten. Vielleicht verstehst du jetzt besser, warum ich das getan habe.

**Ich hatte als Soldat Angst vor einer neuen Bekanntschaft, um nicht wieder enttäuscht zu werden."**

*„Ich verstehe dich, denn ich habe mich im Alter von 16 Jahren verliebt. Ein halbes Jahr später musste er zu Armee. Er sagte, er liebt mich, ich sollte auf ihn warten. Ich habe gewartet und Briefe geschrieben und irgendwann kam kein Brief mehr. Ich hatte nicht den Mut, ihm zu sagen und zu schreiben, dass ich ihn liebe. Vielleicht war er überzeugt, dass ich ihn nicht liebte, denn nach seiner Rückkehr vom Militär fand er schnell Trost bei einer anderen. Aber das ist Vergangenheit, vergessen wir das. Jetzt sind wir nur noch zu zweit. ICH LIEBE DICH."*

Ich war überrascht, wie leicht ich diese drei Worte zum ersten Mal aussprach. Ich liebe ihn, ich habe mich in einen Soldaten verliebt, der noch drei Monate Militärdienst zu leisten hat.

Am folgenden Samstag wurde wegen eines Stromausfalls nicht getanzt. Irgendwo waren die Stromkabel gebrochen und die Chancen, dass der Fehler noch am Abend behoben wurde, waren gering. Wir stehen mit den Freunden zusammen und unterhalten uns wie wir den Abend verbringen werden. Plötzlich sagt mein Bruder Vid, dass wir bei uns ein Glas Wein trinken können. Wir hatten guten Wein, das sagten alle, die ihn getrunken haben, aber ich trinke ihn nicht.

Erwachsene haben ihn immer gelobt, wie gut der Wein sei. Ich war mit 11 Jahren ein neugieriges Kind, allein zu Hause und wollte wissen, ob das stimmt, dass Wein so gut ist. Ich bin in den Keller gegangen und habe ein großes Glas Wein getrunken.

Er war nicht nur sauer, sondern ich fühlte auch eine Instabilität in meinen Beinen und ein Karussell in meinem Kopf. Gut, dass niemand zu Hause war, ich habe mich ins Bett gelegt, um meine Instabilität zu besiegen. Seitdem ist Wein für mich ein saures Getränk und ich habe es nie wieder probiert.

Die Freunde waren sofort dafür, weil sie meine Eltern kannten, aber mein Darko zögerte.

**„Was werden deine Eltern sagen, wenn ein Soldat bei ihnen zu Hause auftaucht?"** *„Hab` keine Angst, ich kenne meine Eltern, sie werden froh sein, dass wir alle gekommen sind."*

So war es, sie hatten nichts dagegen. „Kann ich etwas Schinken und Brot aufschneiden für deine Freunde", fragte mich meine Mutter.

Bevor ich die Freunde fragen konnte, war meine Mutter schon bei der Arbeit. Sie machte eine Platte mit Schinken, Käse und selbst eingelegte Gurken und Vid trug Wein aus dem Keller.

Wir haben ein altes idyllisches Haus, das unser Großvater im Jahr 1903 gebaut hat, umgeben von einer Veranda mit schön geschnitzten Säulen im Obergeschoss. Die Küche und die zwei Keller befanden sich im Erdgeschoss, und im Obergeschoss befanden sich drei Zimmer, eines war leer.

Eine Treppe von außen führte zur Veranda und von der Veranda war der Eingang zu den Zimmern.

Das Bild unseres Hauses war auf den Postkarten der Stadt Zagreb, auf Pralinenschachteln, Souvenirgläsern, verschiedenen Broschüren und Reiseführern der Stadt Zagreb zu sehen. Ich war stolz auf dieses Haus, ohne viel Komfort, ohne Bad und Toilette. Die Toilette war im Hof, neben Stall und Scheune. Gebadet haben wir in einer Wäsche-Wanne.

Wärme und Liebe strahlte aus diesem ärmlichen Haus. Jeder, der an die Tür klopfte, war ein gern gesehener Gast. Es gab immer für jeden etwas zu essen oder zu trinken. Diesmal war es auch nicht anders.

Nachdem Mutter die Platte mit dem Schinken auf den Tisch gestellt hat, ist sie mit Papa zum Nachbarn gegangen, damit sie uns nicht störten. Bei Kerzenschein, Schinken-Platte und Wein verging der Abend romantisch. Die Gesellschaft war zufrieden und fröhlich.

Am nächsten Abend sagte Darko zu mir: **„Ich habe mich gestern wohl bei dir gefühlt. Ich war erstaunt über die Einfachheit, mit der deine Eltern die ganze Ge-**

**sellschaft und mich empfingen. Du hast gute Eltern."** *"Ja, habe ich."*

Er konnte nicht glauben, dass sie mir nicht vorgeworfen haben, dass ich die ganze Gesellschaft und einen Soldaten nach Hause mitgebracht habe. Der Wert eines Menschen in unserem Kreis wurde nicht durch Kleidung beurteilt, und mein Bruder Vid wird auch bald Soldat sein, wird er dann weniger wertvoll sein?

So verging unsere turbulente Bekanntschaft, die sich in aufrichtige Liebe verwandelte.

Im März 1970 geht mein Bruder zum Militärdienst nach Subotica. Wie es damals üblich war, begleiteten wir ihn mit den Freunden zum Bahnhof. Wir stehen an dem Gleis während der Zug langsam losfährt. Ich versuche, meine Tränen zu verbergen, aber es gelingt mir nicht.

Ich weine, warum weine ich? Ich weine wegen des Abschieds, ich weine, weil ich auch von meiner Liebe Abschied nehmen muss, die zwei Wochen zu Militärübungen geht. Darko tröstet mich, seine Umarmung und liebevollen Worte lindern meinen Schmerz über Vid`s Abschied.

Der Tag unseres Abschieds ist nun auch gekommen. Ich weinte nicht, damit uns der Abschied nicht noch schwerer wird. Ich weine vor mich hin, als er mich beim Abschied küsste und sprach.

**„Liebling, wir müssen stark sein, wir müssen einander vertrauen. Ich weiß, es ist schwer für dich und es ist schwer für mich, aber ich glaube an dich, an unsere Liebe, die mir die Kraft gibt, diesen Abschied leichter zu ertragen. Vergiss nicht, ich liebe dich von ganzem Herzen."** *Ich liebe dich auch."*

Als er ging und ich allein zurückblieb, liefen Tränen über mein Gesicht. Liebe, Vertrauen, ich liebe dich – diese Worte, die er beim Abschied zu mir sagte, stoppten meine Tränen und gaben mir die Kraft, diese Zeit allein zu ertragen.

Ein paar Tage nach seiner Abreise bekomme ich ein Brief, ich erkenne Darkos Handschrift. Ich war glücklich als ich diese sanften Worte in dem Brief las, aber auch traurig, weil ich ihm nicht antworten konnte. Ich muss warten, bis er zurückkommt und ihm sagen, dass ich ihn liebe, dass ich ihn vermisst habe, dass er ständig in meinen Gedanken war und ich seine Rückkehr sehnsüchtig erwarte.

Ich habe ihn sehr vermisst und bin froh, dass wir wieder zusammen sind. In seinen Armen vergesse ich für einen Moment, dass uns noch 15 Tage bleiben, bis wir uns wieder trennen. Noch 15 Tage bis zum Ende seines Wehrdienstes. Wir nutzten jede freie Minute, um zusammen zu sein.

Er war meine Stütze als ein Telegramm von meinem Bruder aus der Armee eintraf, mit der Bitte, ihm dringend einen Anzug zu schicken, weil er nach Hause komme. Wir hatten alle Angst, dass ihm etwas zugestoßen wäre. Mama packte eine Tasche mit Anzug, Papa stieg in den Zug und fuhr nach Subotica, um zu sehen, was passiert ist.

"Wegen seiner Plattfüße ist er untauglich für die Armee", sagte Papa, als er zurückkam. Zwei Tage später kam mein Bruder gesund und munter an.

Der 30. April 1970, das Ende von Darkos Militärdienst, kam schnell und damit auch der Tag seiner Abreise nach Opatija. An diesem Tag arbeitete ich morgens und der Zug nach Rijeka fuhr um 16 Uhr ab. Während ich bei der Arbeit war, fährt Darko nach Markuševec, um sich von meinen Eltern und Freunden zu verabschieden. Wir vereinbarten ein Treffen bei Miro. Mein Bruder und ich sind pünktlich angekommen, aber Darko ist noch nicht da. Wir warten, es ist schon spät, er verpasst den Zug, wir sind nervös.

Da kommt er im Laufschritt an, schnappt sich seine Reisetasche, schließt die Wohnung ab und wir rennen zur Straßenbahn. Ich habe das Gefühl, die Straßenbahn fährt zu langsam, er schafft den Zug nicht. Endlich sind wir am Bahnhof und laufen zum Bahnsteig, wo der Zug steht. Wir kamen in letzter Sekunde an.

Miro, der ebenfalls nach Opatija reist, ist bereits im Zug und winkt aus dem Fenster.

Er ging direkt von der Schule zum Zug. Darko springt im letzten Moment auf den Zug, denn der Zugbegleiter hat bereits das Signal zur Abfahrt gegeben. Mein Bruder und ich stehen da und sehen zu, wie der Zug langsam abfährt.

Als der Zug aus unserem Blickfeld verschwand, wurde mir bewusst, dass ich alleine gelassen wurde, wir konnten uns nicht einmal verabschieden, nur einen kurzen Kuss und auf Wiedersehen.

Er ging. Wieso denn? Er musste nach Hause, Militärdienst ist beendet. Ich spüre die Berührung einer Hand auf meiner Schulter: „Lass uns gehen, nicht weinen", tröstet mich mein Bruder.

Weine ich? Warum weine ich? Ich weine, weil ich ihn liebe und der Abschied schmerzt. Ich weine, weil er ein Teil meines Lebens geworden ist, und jetzt geht er.

Ist unsere Liebe stark genug, um allen Versuchungen zu widerstehen. Wird er mich vergessen, jetzt wo er unter seinen Freunden ist und kein Soldat mehr?

Ich liebe ihn und es fällt mir schwer, aber ich muss mutig sein und an unsere Liebe glauben.

Damals gab es noch kein Telefon, also warte ich auf seinen Brief. Nach ein paar Tagen kam der erwartete Brief, was meinen Kummer linderte. Bevor er Zagreb verließ, lud er mich ein nach Opatija zu kommen, und die Gelegenheit bot sich bald.

Ich war Mitglied des Folklorevereins „Prigorec", der am - **Festival der Brüderlichkeit und Einheit** - in Rijeka teilnahm und Auftritte in der Umgebung hatte.

Aufgrund der Arbeit konnte ich eine Woche nicht bei ihnen sein, aber mein Nachbar und Leiter Štefek fragte mich, ob ich wenigstens für das Wochenende kommen könnte, falls sie Verstärkung brauchen, weil sie am Samstag, dem 09. Mai 1970 in Opatija einen Auftritt haben. Štefek ich bin am Samstag in Opatija!

Samstagmorgen um 5:30 Uhr komme ich mit dem Nachtzug in Rijeka an. Ich steige aus, mein Blick wandert auf den Bahnsteig, ich suche Darko, aber er ist nicht da. Er hat mir geschrieben, dass er auf mich warten wird. Was mache ich jetzt? Nichts, warte, wenn er nicht da ist, steig in den ersten Zug und fahr zurück nach Zagreb.

Ich verlasse das Bahnhofsgebäude und draußen suche ich erneut nach ihm. In diesem Moment kommt ein Bus aus Opatija, mein Darko steigt aus und rennt auf mich zu. Er umarmt mich, küsst mich, lässt mich nicht los, und ich bin glücklich.

**"Tut mir leid, dass du warten musstest, der Bus hatte Verspätung."**

Wir kommen mit dem Bus in Opatija an, steigen an der Haltestelle vor dem Markt aus und ich schaue mich um. Ich kenne das Marktgebäude, ich kenne auch die umliegenden Gebäude. 1960, damals 11 Jahre alt, besuchten mein Vater und ich seine Cousine Katica in Opatija.

Ich erinnere mich sehr gut, dass wir an dieser Haltestelle aus dem Bus stiegen und Passanten nach dem Hotel Slavija fragten, wo Tante Katica arbeitete. Nach 10 Jahren stehe ich wieder da und kann dieses Schicksal nicht fassen. Damals war ich das erste Mal am Meer, und in Opatija.

Ich hatte keine Zeit zum Nachdenken, weil Darko seinen Vater sah, der mit einem Freund sprach. Wir gehen auf ihn zu und Darko stellt mich ihm vor.

**"Freut mich, willkommen, wie war die Fahrt?"** *"Es freut mich auch, die Fahrt war gut."*

Ein lieber Mann, wenn seine Frau auch einen solchen Eindruck auf mich hinterlässt, dann sollte ich keine Angst haben.

Darko zeigt mir das Haus, in dem er wohnt, nicht weit vom Marktgebäude, und seine Mutter winkt uns vom Fenster aus zu. Sie wartete vor der Tür der Wohnung im zweiten Stock auf uns. Darko sagte einfach zu ihr: „**Mama, das ist Ljubica.**" Ich reiche ihr schüchtern die Hand.

**"Ich freue mich, dich endlich kennenzulernen, Darko hat mir viel über dich erzählt."** *"Ich freue mich auch."*

Aus großer Angst war das alles, was ich sagen konnte, er hat eine junge und hübsche Mutter. Sein Bruder ist nicht zu Hause, er ist zu seiner Freundin nach Učka gefahren.

Ich sehe mich um und kann meine Überraschung nicht verbergen. Ich war überrascht von seinen Eltern, große Menschen. Ich war auch überrascht von einer 110 m² großen Wohnung, im Zentrum von Opatija, schön und modern eingerichtet. Drei Schlafzimmer, ein großes Wohnzimmer mit Balkon, eine große Küche mit Speisekammer und ein Bad mit WC.

Ich fühlte mich verloren und arm, in meinen Augen waren sie damals für mich reich, weil ich ihre Wohnung mit unserem Haus verglich. Darko schaffte es mit seiner Liebe, dieses Gefühl in mir zu beseitigen, weil er mich liebte und der Rest ihm egal war. Ich hatte vorher große Angst vor dem ersten Treffen mit seinen Eltern, aber ich blieb am Leben.

Meine „Prigorci" brauchten keine Verstärkung, aber es war wunderbar, ihren Auftritt mit meinem Darko zu sehen. Wir waren beide froh, endlich wieder zusammen zu sein.

Umarmt gingen wir am Meer spazieren, ruhten uns auf einer Bank aus und genossen den Geruch des Meeres und die Sonne, die uns wärmte.

Diese zwei Tage, die wir zusammen verbrachten, vergingen furchtbar schnell. Leider steht uns wieder der Abschied bevor und nun steht Darko auf dem Bahnsteig und ich im Zug.

**„Ich komme in zwei Wochen nach Zagreb",** höre ich ihn sagen, während der Zug langsam losfährt. Zwei Wochen und dann sehen wir uns wieder, sage ich mir während der Fahrt unzählige Male. Im Juli habe ich drei Wochen Urlaub, und Darko auch. Er kam nach Zagreb, um mich abzuholen.

*"Wirklich, haben deine Eltern nichts gesagt, dass ich komme, und drei Wochen bleibe?"*
***"Keine Angst, sie haben wirklich nichts gesagt. Ich habe für diesen Monat meiner Mutter mehr Kostgeld gegeben."***

Ich weiß nicht, ich habe ein komisches Gefühl, fürchte mich. Der Empfang war herzlich, aber ich bin immer noch voller Angst. Das Geschenk für die Eltern war eine echte Überraschung. Für seine Mutter eine Schachtel Pralinen, darauf war eine Abbildung unseres Hauses und meiner Folkloregruppe.

"Schönes, sehr schönes Haus, danke." „Ein echtes Zagorje-Haus", sagt sein Vater. Ich konnte nicht anders, als ihm zu widersprechen. "Es ist nicht ein Zagorska, sondern-PRIGORSKA-Haus."

Für seinen Vater eine Flasche unseres hausgemachten Rotweins. „Äh, es ist gut, rot, Prigorje. Die Leute von Zagorje machen nur weißen Wein, danke."

Unsere Tage waren kurz und wir verbrachten viel Zeit mit Schwimmen, Bootfahren, Angeln, Wandern, Kino und Restaurantbesuchen. Zum ersten Mal in meinem Leben sah und aß ich Tintenfisch und Scampi. Sehr lecker. Bei uns war nur am Karfreitag und Heiligabend Fisch auf der Speisekarte, Sardinen, Forelle oder Karpfen.

Darkos Vater war Sekretär des Fremden-verkehrsvereins von Opatija und organi-sierte für uns beide einen eintägigen Schiffs-Ausflug zur Insel Rab.

Ich kann diese Reise nicht vergessen, denn als ich ins Wasser ging, trat ich auf einen Seeigel, von dem es Hunderte gab, zumin-dest kam es mir so vor. Ich bitte Darko, zu Hause nicht über meine Leichtsinnigkeit zu sprechen, weil dieses seltsame Angstgefühl in mir wieder auftaucht.

Angst, das Mädchen aus dem Dorf auszula-chen, weil sie nicht aufpassen kann und nicht weiß, was das Meer ist. Bis dahin hat-te ich nur Seeigel auf einem Bild gesehen, und Darko warnte mich, vorsichtig zu sein, da das Meer an dieser Stelle voller Seeigel sei.

Als seine Mutter mich laufen sah, fragte sie sofort, was passiert sei, und ich konnte nicht lügen, und diese Stacheln mussten aus meinem Fuß entfernt werden. Sie lach-ten, aber das Lachen war kein Hohn, das kann jedem passieren, kein Wort über das Mädchen aus dem Dorf.

Unser besonderer Prigorje-Zagreb-Dialekt unterscheidet sich weitgehend von ihrem Küstendialekt und so hört man – kaj - in meiner Rede und bei ihnen - ća -. "Eine echte Zagorka, - kaj- " sagt mir Darkos Vater. Ich war wieder überrascht und korrigierte ihn erneut.

„Sie scheinen sich nicht sehr gut mit Erdkunde auszukennen. Ich bin keine Zagorka, sondern eine stolze Prigorka. Sie lebten doch einige Zeit in Zagreb und haben nicht gehört, dass man die Gegend nördlich des Zentrums von Zagreb, in den Ausläufern unterhalb von Medvednica gelegen, pri-gorje nennt, und deshalb die Leute Prigorci nannte? Dagegen die Siedlungen hinter Medvednica, za-gorje nennt, und deshalb die Leute dort, Zagorci genannt wurden?"

Das hat mich nicht beleidigt, aber es hat mich überrascht, denn in den Dörfern von Prigorje und Zagorje leben hauptsächlich Bauern, mehr in Zagorje als in Prigorje. Wieder dieses unangenehme Gefühl, ein Mädchen aus dem Dorf Markuševec zu sein, nur 6 km vom Zentrum von Zagreb entfernt. Hier die Herren aus dem Zentrum von Opatija. Das passt nicht zusammen.

Darkos Mama putzt jeden Tag, unter ihre Füße legt sie ein Tuch und poliert das Parkett in den Zimmern. Ich frage sie, ob ich ihr helfen kann, nein ich habe Urlaub. Ich schaue mir dieses glänzende Parkett an. Warum soll man es jeden Tag polieren? Staub wischen, saugen, die Küche und das Bad verstehe ich ja, aber die Schlafzimmer, dort hält sich tagsüber niemand auf.

Abends ab ins Bett, morgens raus aus dem Bett, einmal in der Woche wäre ok. Mit Tüchern unter den Füßen poliere ich auch das Parkett in unserem Schlafraum, weil ich fürchte, sie würde vielleicht später sagen, dass ich ihr nicht helfen wollte.

Auch Darkos Verwandte lerne ich ein bisschen kennen, Oma Sofia, die Mutter von Darkos Papa. Darko hat recht, eine liebe Frau, wie alle Omas. Sie lebt mit ihrem Enkel Boris im ersten Stock desselben Hauses wie Darko. Tante Olga, die Schwester von Darkos Vater und die Schwester von Darkos Mutter, Tante Nada darf nicht fehlen.

Sie kommt jeden Morgen zu ihrer Schwester nach dem Marktbesuch zum Kaffee und auf ein Gläschen Likör. Die Kinder von Nada, Ružica, Rajko, Marijan und Mladen treffen wir immer am Strand, Mirjana studierte in Belgrad. Es gibt noch die Eltern von Darkos Mutter, Oma Antonia und Opa Vjekoslav, sie leben zusammen mit dem jüngsten Sohn Pupo, seiner Frau Valeria und den Kindern, Gianni und Denis. Es gibt noch mehr Verwandte, aber ich bin zu kurz in Opatija, um sie alle zu treffen.

Eines Tages suchte Darko etwas in seinen Schubladen und zeigte mir verschiedene Erinnerungen, die er dort aufbewahrte. Plötzlich hält er ein Kästchen in der Hand und weiß nicht, wohin damit. Ich frage ihn, was es ist. **"Nichts, du darfst es noch nicht sehen."**

Meine Neugier, mein Flehen und meine Beharrlichkeit ließen ihm keine Ruhe. Er konnte meinen Bitten nicht widerstehen.

**„Ich wollte es dir zum Geburtstag schenken, aber wenn du die Schachtel schon gesehen hast, hier ist es."**

*"Wenn es für meinen Geburtstag ist, will ich es jetzt nicht, gib es mir an diesem Tag."*
**"Nimm es und öffne es."**

Ich ahnte, was in der Schachtel sein könnte. Ich öffnete langsam die Schachtel und was ich in der Schachtel sah, übertraf alle meine Erwartungen.

**"Gefällt es dir nicht?",** fragt mich Darko, weil ich nichts sage. Ich war sprachlos, ich schaue nur in die Schachtel hinein. *"Es ist schön, sehr schön."*

In der Schachtel war ein schöner Ring, mit einem großen lila Stein, der sich in ein helles Lila verwandelt, umgeben von kleinen weißen Steinchen. Ich konnte meine Freudentränen nicht verbergen und Darko trocknete sie mit seinen Küssen.

**„Als ich ihn beim Goldschmied sah, wusste ich, dass ich diesen Ring für dich kaufen musste und für niemanden sonst. Kaum hatte ich mein erstes Gehalt bekommen, war ich sofort beim Goldschmied."**
*"Er ist wunderschön, danke."*

Ich hatte noch nie so etwas Wunderbares in meinem Leben, keinen Ring, keine Kette nur eine Uhr. Ich trug ihn mit Stolz und der Blick auf den Ring gab mir das Gefühl, dass Darko immer bei mir ist.

Drei Wochen vergingen schnell, sie blieben mir in unvergesslicher Erinnerung. Zum Abschied bekam ich von Darkos Mutter drei schöne Handtücher und sie sagte zu mir: "Komm bald wieder zu uns."

Wir tauschten weiterhin Briefe aus und sahen uns jedes zweite Wochenende. Die Distanz, die uns trennte, verband unsere Herzen noch mehr, stärkte unseren Glauben an Liebe und Vertrauen.

Zu meinem Geburtstag im Oktober schenkte mir Darko einen Taschenschirm, den ersten in meinem Leben. Pralinen und Sekt (Bakarska vodica) waren Pflicht, als er nach Zagreb kam.

Ich habe sogar eine Rivalin, Jasna. Sie verliebte sich in Darko und Darko in sie. Es gab einen echten Kampf zwischen uns beiden.

„Er ist mein Freund, ich gebe ihn dir nicht, er liebt mich mehr als dich, ich habe eine größere Pralinenschachtel als du gekriegt", sagte Jasna zu mir.

Im Alter von fünf Jahren war sie süß und lieb, und es ist kein Wunder, dass sich Darko in die Tochter meines Cousins Jurič verliebte. Gut, dass ich nicht zu eifersüchtig war.

Wir feierten den ersten Jahrestag unserer Bekanntschaft an dem Ort, an dem sich unsere ersten Blicke trafen. Wir stießen mit unseren Freunden mit einem Drink im Restaurant an und verbrachten später den Abend im „Chaga".

Am nächsten Tag auf dem Spaziergang fragt mich Darko, ob ich mir ein Leben woanders vorstellen könnte, weg von all diesen guten und lieben Menschen. Es wäre schwer für mich, aber ich kann mir vorstellen, irgendwo mit jemandem zu leben, den ich liebe.

Das neue Jahr 1971 feierten wir gemeinsam bei uns zu Hause, romantisch bei Kerzenlicht. Wegen des starken Schneesturms gibt es nirgendwo eine Feier, weil es keinen Strom gibt, wie damals, als Darko zum ersten Mal voller Angst in einer Militäruniform zu uns kam. Er kam gerne nach Markuševec, und fühlte sich wohl bei diesen Menschen, die arm waren, aber reich im Herzen.

Das neue Jahr verging schnell und die Briefe blieben wieder unsere einzige Verbindung.

**„Das geht so nicht mehr, ich wollte schon lange mit dir darüber reden. Diese Reisen und Abschiede bringen mich einfach um",** erzählt mir Darko, als er wieder bei uns war. Ja, es stimmt, die Abschiede fielen uns immer schwerer und der Wunsch, für immer zusammenzubleiben, wuchs in uns.

**"Als ich das letzte Mal aus Zagreb kam, fragte mich meine Mutter tatsächlich, wie lange ich diese Reisen durchhalten würde. Ich sagte ihr, dass ich diese Reisen wirklich satthatte und nicht wusste, was ich tun sollte. Dann sollte ich heira-**

**ten, sie hätten nichts dagegen. Wie denkst du darüber? Kannst du dir ein Leben in Opatija vorstellen?"**

Aus seinen Briefen habe ich schon vor langer Zeit gemerkt, dass er mit mir darüber reden wollte, aber er hatte nicht den Mut, und ich habe trotzdem erwartet, dass er mich wenigstens fragen würde, ob ich ihn heiraten wollte. Dass wir eines Tages zusammenbleiben würden, war für ihn normal, er war sich seiner Liebe und seinen Gefühlen für mich sicher, vertraute auf meine Liebe und Gefühle für ihn, er wollte es und er glaubte, dass ich es auch wollte. Ja, ich wollte, ich wollte seine Frau werden, ich wollte mit ihm zusammen sein, alles Gute und Böse mit ihm teilen.

*„Ja, ich kann mir das Leben in Opatija mit dir vorstellen, ja, ich will deine Frau werden, wenn du mich willst."* **„Ja ich will, ich bin so glücklich, ich liebe dich meine „šumigica", wann könnten wir heiraten."** *"Wie wäre es mit dem 1. Mai?"*

**„Ich stimme zu, ich werde es meiner Familie sagen. Bis dahin renovieren wir**

**ein Zimmer für uns beide. Noch andert-
halb Monate und wir werden für immer
zusammen sein."**

Als wir meinen Eltern diese Nachricht mit-
teilten, fiel meinem Vater ein dicker Stein
vom Herzen. Er hatte Angst, dass Darko
mich verlassen würde, es wäre eine große
Schande für mich und die ganze Familie.
Mama hatte keine Angst oder sie wollte
nicht zugeben, dass sie Angst hatte. Ich hatte keine Angst, weil ich liebte und an unsere Liebe glaubte.

Am Ende des dritten Monats war ich mit
Darkos großer Liebe Jasna in Opatija. Sie
hat seine Eltern und seinen Bruder Davor
verzaubert. Ihr aber gefällt Davor nicht, er
ist zu dick, Darko ist ihr Freund.

Das Wetter war sehr schön, Darkos Mutter
und ich stehen beide auf ihrem Balkon und
unterhalten uns. Dabei erzählt sie mir, dass
sie vor 7 Jahren in Deutschland war und
drei Monate bei mehreren Familien ge-
putzt hat und dabei dann so viel Geld verdient hat, dass sie zwei Koffer voll mit Sachen zum Anziehen gekauft hat, für Papa,

Davor und Darko, die Bahn bezahlte und noch 800 DM übrighatte.

Nach der Hochzeit könnten wir doch auch für ein paar Jahre nach Deutschland gehen, um etwas zu verdienen, solange wir noch jung genug sind und keine Kinder haben. Ich war sprachlos und dachte nur, nach Deutschland gehen, niemals, nicht mal im Traum.

Im Namen meiner Eltern lud ich Darkos Eltern ein, uns zu besuchen und über unsere Hochzeit zu sprechen. Sie haben die Einladung angenommen und kommen Anfang April. Ich habe noch etwas Zeit, um neue Teller, Besteck und Kaffeetassen zu kaufen, denn sie sind ja nette Gäste und wir haben nicht so ein gutes Geschirr.

Ich freute mich darauf, hatte aber auch Angst vor ihrer Ankunft. Sie kamen mit einem Auto an, das sie bei einer Mietwagen-Station gemietet hatten, Darko als Fahrer genoss die Fahrt sehr. Wir begrüßen uns, ich stelle sie meinen Eltern vor. Wir stehen im Hof und sie beobachten das Haus und die Umgebung.

"Und hier bist du zu Hause", sagt sein Vater, "ein schönes Haus."

In diesem Moment wurde mir klar, wovor ich Angst hatte. Ich hatte Angst vor ihrer Reaktion, wenn sie unser Haus sehen würden und alles, was darin war, ich hatte Angst, dass sie ihre Enttäuschung zeigen würden, weil ihr Sohn beschlossen hatte, so ein armes Mädchen aus dem Dorf zu heiraten. Sie sahen nicht enttäuscht aus, und ich war erleichtert.

Unsere Freunde Ivek und Jelka kamen mit ihren Kindern Ivančica und Krešo an. Jasna ist Stammgast bei uns und bleibt immer in Darkos Nähe. Nach einem guten Mittagessen, das meine Mutter zubereitet hat, begann das Gespräch über die Hochzeit.

Darkos Vater musste am 1. Mai arbeiten, also haben wir unsere Hochzeit auf Samstag, den 8. Mai verschoben. Die Hochzeit findet in Markuševec statt. Darkos Eltern würden sich gerne an den Kosten rund um die Hochzeit beteiligen, aber meine Eltern wollen das nicht, und sie sind ihnen dankbar.

Ihre Tochter heiratet und es ist bei uns Brauch, dass die Eltern eine Hochzeit für die Tochter ausrichten und ein voll ausgestattetes Schlafzimmer kaufen.

Unser Freund Ivek fragte uns, ob wir kirchlich heiraten wollen. Mein Vater möchte gerne, dass seine Tochter in der Kirche heiratet, und Darkos Vater ist gegen eine kirchliche Trauung, aber beide sind sich einig, wie wir uns entscheiden. Unsere Mütter überlassen die Entscheidung uns. Darko ist es egal, wie ich es will. Ich sage ängstlich:

„Mein Wunsch ist es, eine kirchliche Trauung." Darko stimmt mir zu und ich denke, es wird auch kein Problem geben, weil Darko nicht getauft wurde. "Wir sind uns einig, wir kommen am 8. Mai. Wie viele von uns kommen, werden wir rechtzeitig bekannt geben, und jetzt werden wir gehen, damit es nicht zu spät wird, wir haben noch einen langen Weg vor uns", sagt Darkos Vater.

„Warum übernachten Sie nicht hier und fahren morgen nach dem Frühstück langsam los, wir würden uns freuen, wenn Sie bleiben", sagt meine Mutter.

Darko und Davor haben nichts dagegen, Mama und Papa zögern, sie wollen nicht stören, aber wir haben es geschafft, sie zum Bleiben zu überreden. Obwohl Jurič mehr Schlafplätze, ein Badezimmer und eine Toilette im Haus hätte, würden sie lieber bei uns bleiben.

Mutter, Vater und Davor haben in meinem Zimmer geschlafen. Darko und ich im Zimmer meiner Eltern, Mama in der Küche auf der Ottomane und Papa in der Scheune auf dem Heu, weil er nicht zu seinem Bruder wollte.

„Danke für alles, wir hatten eine schöne Zeit", verabschiedet sich Darkos Mutter, nach dem Frühstück, umarmte mich und küsste mich.

Eine Woche später fuhren mein Papa und ich nach Opatija, um Schlafzimmermöbel zu kaufen, aber er wollte auch sehen, wo seine Tochter leben wird. Er war sehr zufrieden.

Wir sind nach Rijeka gefahren, weil es in Opatija kein Möbelgeschäft gibt. Viel Auswahl an Möbeln gab es damals nicht, alles klassisch, zwei Schränke, zwei getrennte Betten mit Nachtkästchen und ein Schränkchen mit Spiegel.

Schon am Eingang im ersten Möbelladen bleibt mein Blick an einem großen, schönen und hohen Mahagoni-Schrank hängen. Darko betrachtet es fachmännisch, die Betten niedrig, den Nachttisch mit Schubladen, den Schrank mit dem runden Spiegel und mit den Schubladen.

Der Kleiderschrank war nur einteilig, mit fünf schlüsselfertigen Türen, erhöht und darüber fünf kleine Türen, die sich auf Fingerdruck einfach öffnen, super. Wir schauen weiter, aber alles nur alte Klassiker. Das war das Einzige in dem Laden, was uns gefällt.

*„Das und kein anderes"*, sage ich zu Darko. **"Du hast recht, es ist etwas Besonderes."**

Ich habe mich auf den ersten Blick verliebt, hoffentlich ist es nicht schon verkauft.

"Es ist nicht verkauft", sagt uns der Verkäufer. "Und der Preis?" Es muss bestimmt teuer sein, weil es etwas Neues ist. Wird es mir gefallen, wenn ich den Preis höre? "Achthunderttausend Dinar", sagt der Verkäufer.

Darko sieht mich an, weil das vier seiner Gehälter sind und er nicht weiß, wie viel Geld ich habe und es viel teurer ist als die anderen Schlafzimmer.

„Es gehört uns", sage ich glücklich. Meine Eltern haben mir eine Million Dinar gegeben, also habe ich noch etwas übrig für mein Hochzeitskleid und meine Schuhe.

Wir einigten uns auf einen Termin, an dem sie das Schlafzimmer bringen könnten. Bis dahin wird Gordan unser Zimmer streichen und das Parkett lackieren, damit ich es nicht mehr polieren muss.

Es war das Zimmer von Darkos Eltern, sie haben es uns überlassen und sind in ein kleineres umgezogen. Die anderen Zimmer sind bereits gestrichen und die Parkettböden sind lackiert.

Ich war überrascht, diese Räume zu sehen, Gordan ist ein echter Künstler und nicht nur ein einfacher Maler.

Er hat nicht nur gestrichen, sondern auch wunderschöne Motive an die Wände gemalt. Er fragte uns, welche Farbe das Schlafzimmer hat, damit er das Zimmer entsprechend der Möbelfarbe streichen könne.

Diese paar Tage in Opatija vergingen schnell, ich musste nach Zagreb zurückkehren, um weitere Vorbereitungen für die Hochzeit zu treffen. Als ich ging, waren die Wände in unserem Zimmer in einem schönen, hellen Fliederton gestrichen.

„Der Rest wird eine Überraschung", sagt mir Gordan zum Abschied, „wir sehen uns am 8. Mai in Markuševec." "Ich bin so froh, dass du mit Štefica kommst."

Mein Vater und ich haben am Rathaus den Papierkram für unsere Hochzeit erledigt, alles ist in Ordnung. Wir hatten ein Problem mit der Kirche, weil Darko nicht getauft war.

Ich wollte unseren Pfarrer nicht fragen, ob er Darko taufen würde und wir in der Kirche heiraten können, damit er nicht in der Predigt über uns reden würde:

„Sie möchten gerne in der Kirche heiraten, aber der Bräutigam ist Sohn eines Kommunisten und ist nicht getauft."

**Es war damals so eine Zeit.**

Wir haben in Zagreb in mehreren Kirchen nachgefragt und jedes Mal die gleiche Antwort bekommen – das ist kein Problem, aber er muss vorher für zwei Wochen zum Unterricht kommen. Wenn er in Zagreb wohnte, würde er kommen, aber von Opatija war es ihm unmöglich wegen seiner Arbeit.

Ich wusste, dass eine kirchliche Trauung keine Garantie für ewiges Glück ist, aber ich war trotzdem traurig, denn ich hatte schon immer von einer kirchlichen Trauung geträumt. Diese traurige Nachricht konnte mein Glück nicht überschatten, denn meine Liebe zu Darko verdrängte die Trauer.

Ich war glücklich, glücklich, weil Darko bereit war, alles für mich und unsere Hochzeit zu tun. Meine Eltern haben nicht gezeigt, dass sie unglücklich sind, weil ihre Tochter nicht in der Kirche heiratet, aber ich wusste, dass es schwer für sie war. Sie würden genauso glücklich sein wie ich, wenn es passieren würde.

In diesen Momenten habe ich mich oft gefragt, warum seine Eltern ihn nicht getauft haben. Sie heirateten in der Kirche und Davor wurde getauft, also konnten sie ihn auch taufen. Darko wusste auch nicht, warum sie ihn nicht taufen wollten, aber er war der gleichen Meinung wie ich, dass wir unsere Kinder kirchlich taufen würden, egal ob wir kirchlich heiraten oder nicht.

Die Antwort darauf, warum er nicht in der Kirche getauft wurde, fand ich nach einer Weile heraus. Sein Vater arbeitete damals in der Regierung in Zagreb, und 1949 passte die Kirche und der Kommunismus nicht zusammen.

Die Vorbereitungen für die Hochzeit verliefen reibungslos. Die Hochzeit wird gefeiert bei Štef und Dragica, unseren nächsten Nachbarn, die auch meine Trauzeugen würden.

Sie haben ihr Haus geräumt, also haben wir genug Platz, denn wir erwarten ca. 120 Personen. Damit 120 Menschen nicht hungrig und durstig bleiben, haben wir ein weiteres Fass Wein gekauft und ein Schwein geschlachtet. Hühnchen zum Braten und Rindfleisch für die Gulaschsuppe haben wir bei unserem Metzger gekauft.

Die Kuchen und Plätzchen wurden bereits am Dienstag und Mittwoch gebacken. Am Donnerstag und Freitag wurden Nudeln für die Suppe, und auch Fladen-Nudeln gemacht, Hefezöpfe mit Mohn und Walnüsse.

Am Samstag wurde Fleisch zum Braten vorbereitet und bei unserem Bäcker im Steinofen gebraten. Es gab viel Arbeit, aber wir waren nicht allein, denn alle halfen dabei so gut es ging.

Die Hauptköche waren Tante Ljubica, Frau Zrinščak, Jelica Šušković, und auch Tante Tuna-Ž. Tante Katarina und Tante Anka waren Hilfsköche und der „Hauptkommandant" in der Küche war meine Mutter. Sie war Chefköchin bei vielen Hochzeiten und wusste, wie viel sie für 120 Personen vorbereiten muss. Nachbarn halfen auch so viel wie möglich.

Ivek war der Organisator und Oberkellner bei der Hochzeit. Tische, Bänke und sämtliches Geschirr haben wir gegen eine kleine Gebühr ausgeliehen. Darko kam am Donnerstag an. Freitag traf Darkos Cousin Boris, sein Bruder Davor mit seiner Freundin Silvija Darkos Trauzeugen mit dem Zug ein. Am Freitagabend haben Mädchen und Jungen Rosmarinsträuße gebunden für alle Hochzeitgäste.

## SAMSTAG, 08. Mai 1971

Der Tag begann mit Sonnenschein. Der Hochzeitstermin im örtlichen Büro war um 18 Uhr.

Gegen Mittag kamen Darkos Freunde Žogica, Bakul, Cousen Marijan und Zoran mit dem Auto aus Opatija an. Etwas hinter ihnen trafen mit einem gemieteten Kleinbus mit Fahrer, Darkos Eltern, Gino, Tante Nada mit den Kindern, Gordan und Stefica ein.

Sie waren begeistert von den frischen Bratwürstchen zum Mittagessen. Als die Frauen einen Raum voller Kuchen sahen, waren sie sprachlos.

„So viel Kuchen, wer isst das schon alles", kommentieren sie.

Um vier Uhr begann ich mich fertig zu machen. Meine Freundinnen sind gekommen, Tante Anka frisiert mich. Ich habe mir ein einfaches, langes Kleid nähen lassen. Auf dem Kopf ein kurzer Kranz mit zwei weißen Rosen. Darko in einem dunkelblauen Anzug und er hat seine Schleife mit Žogica gegen Krawatte getauscht.

Ich bin fertig. Die Musiker von „Prigorec", beginnen im Hof zu spielen, was für meinen Bruder und Cousin Ivan ein Zeichen ist, mich zu holen. Wir gehen die Treppe hinunter zum Hof, und der Hof ist voller Menschen. Alle Nachbarn kamen, um uns zur Trauung zu begleiten.

Nach einem kleinen Imbiss treibt die Begleitrede unseres Ivek-Šuško meiner Mutter Tränen in die Augen.

„Liebes Brautpaar, die Zeit ist gekommen, dass Sie sich auf einen Weg machen, auf einen Weg, der Sie in Ihr gemeinsames Leben führt. Ihr seid erwachsen, ihr habt eure Jugend verbracht, hoffe ich. Ljubica, du wirfst heute deine Jungfernschuhe weg und ziehst die Schuhe einer Frau, einer Schwiegertochter und morgen die einer Mutter an. Und du, Darko, wirfst heute die Schuhe deiner Jugend weg und ziehst die Schuhe eines Mannes, eines Schwiegersohnes und morgen die eines Vaters an. Es liegt jetzt an euch, für den Rest eures Lebens aufeinander aufzupassen. Geht in Gottes Frieden, viel Glück für Euch."

Viele glückliche Jahre!
Viele Jahre glücklich sein!
PROST

Wir fahren langsam die Straße-Mrzljak entlang, eine lange Autoschlange und alle hupen. Leute kommen aus ihren Häusern und winken uns zu.

Wir kommen an der ehemaligen Schule an, die nach dem Bau einer neuen und größeren Schule in ein örtliches Büro umgewandelt wurde. Das Hochzeitsbüro war früher mein Klassenzimmer. Es ist ein komisches Gefühl. Vor sieben Jahren habe ich dort gesessen und für meine Zukunft gelernt. Jetzt sitze ich etwas nervös da und lausche, welche Aufgaben und Verantwortungen uns in Zukunft erwarten. Einer der beiden Beamten beginnt, seine Pflicht zu erfüllen.

*„Ich begrüße das Brautpaar, Zeugen und alle Anwesenden. Es ist meine Pflicht festzustellen, dass Darko Pošćić und Ljubica Sitar sowie die Zeugen Davor Pošćić und Stjepan Ročić beim Abschluss der Ehe anwesend sind, und ich erkläre, dass alle anderen Voraussetzungen für die Dauer und Gültigkeit Ihrer Ehe erfüllt sind. Gesetze und Ihre Rechte ..........................*

Den weiteren Ablauf des Verfahrens überlasse ich Herrn Standesbeamten Lovro
Jurković."

"Liebes Brautpaar!"

Es ist mir eine Ehre und Freude, Ihnen zu
diesem feierlichen Anlass einige Worte über
Ihr zukünftiges gemeinsames Leben sagen
zu können.

Sie machen heute den wichtigsten Schritt
in Ihrem Leben, lassen Sie Ihren Alltag von
Liebe, Glück, Dankbarkeit und gegenseiti-
gem Respekt erfüllt sein.

Liebe ist nicht egoistisch, sie sucht, sie gibt,
sie glaubt, sie hofft und sie erträgt alles.

Die eheliche Vereinigung sollte ein Herd
der Liebe und Harmonie sein, und wenn
dies der Fall ist, wird die Kraft dieses Feu-

ers nicht nur Sie, sondern auch Ihre Lieben und diejenigen, die mit Ihnen in Kontakt kommen, wärmen. Mögen Harmonie und Liebe Ihre Ehe schmücken.

Das Gesetz spricht von der Gleichstellung von Mann und Frau in einer ehelichen Gemeinschaft, also planen Sie Ihre Aufgaben so, dass das gemeinsame Leben einfacher und schöner wird.

Mit dem heutigen feierlichen Akt vereinen Sie Ihre Liebe und Ihre individuellen und gemeinsamen Interessen, stärken Ihre Beziehung, erweitern ihre Grenzen. Lernen Sie Toleranz und Nachsicht, um Ihre Ehe dauerhaft und erfolgreich zu machen.

Nehmen Sie sich jeden Tag Zeit für einen Dialog mit Ihrem Ehepartner, damit Sie nie ein Fremder werden. Bereichern Sie Ihr gemeinsames Leben mit Vielfalt, seien Sie

realistisch und bescheiden in Ihren Wünschen, stark und beharrlich in deren Ver-
wirklichung.

Liebe ist ein Teil Ihres gemeinsamen Lebens, sie ergänzt Ihre sonstigen Aktivitäten
und gibt Ihnen die Kraft, sich als Mensch
und als Mitglied der Gesellschaft noch er-
folgreicher zu beweisen.

Schützen und verteidigen Sie Ihre Ehe vor
allen Versuchungen, als Schatz, von dem
Ihr Schicksal und Ihr Glück abhängen.

Lassen Sie diesen Tag also ein glücklicher
Beginn eines langen und schönen gemeinsamen Lebens sein.

Sie kennen alle Gesetze und Rechte, bitte
antworten Sie mir, wollen Sie, Darko
Pošćić, die hier anwesende Ljubica Sitar
heiraten?     "JA"

Wollen Sie, Ljubica Sitar, den hier anwesenden Darko Poščić heiraten? "JA"

Nun bitte ich Sie und Ihre Zeugen, hier im Standesbuch zu unterschreiben, das, was Sie laut und deutlich gesagt haben.

Darko unterschreibt zuerst, dann bin ich dran. Meine Hand zittert, ich signiere das letzte Mal - Ljubica Sitar. Auch Davor und Štef gaben ihre Unterschrift.

Das rechtliche Verfahren zur Eheschließung ist abgeschlossen und ich gebe bekannt, dass die Ehe zwischen Darko Poščić und Ljubica Sitar rechtskräftig ist. Ich gratuliere Ihnen und wünsche Ihnen alles Gute für Ihr gemeinsames Leben.

Wir besiegelten diesen Moment mit einem Kuss. Der Mädchenname SITAR bleibt hinter mir, jetzt bin ich Frau POŠĆIĆ.

An der Zeremonie nahmen etwa dreißig Personen teil, die uns Glück für unser gemeinsames Leben wünschten. In dieser Menge fragt mich jemand, wo ist dein Darko? Ich gucke mich um, aber ich sehe ihn nicht.

"Nun, er hat dich schon verlassen, es hat gut angefangen, er ist weggelaufen, jetzt ist es zu spät, er hat unterschrieben", scherzten Freunde.

Wirklich, wo ist er, wir sind schon draußen und er ist nicht da, der Spaß nimmt kein Ende. Er taucht endlich auf, er musste auf die Toilette. Alle lachen, es war urkomisch.

Der Termin bei dem Fotografen war um 19 Uhr. Wir kamen pünktlich an. Das Fotografieren nimmt kein Ende, endlich ein letztes Bild, auf dem alle zusammen sind. Die Feier kann beginnen.

Darko war mit unseren Markuševec-Hochzeits-Bräuchen vertraut, aber ich werde diese Tradition beschreiben, die mir in guter Erinnerung geblieben ist.

Vor dem Eingang des Hauses bei Štef steht ein Tisch und unser Organisator Ivek-

Šuško und sein Assistent Jurič stehen vor dem Tisch und lassen uns nicht ins Haus.

Unsere Trauzeugen verhandeln mit ihnen, dass wir von weit gekommen sind und bitten sie, uns hereinzulassen, damit wir uns ausruhen und erfrischen können, weil sie gehört haben, dass sie auch guten Wein haben und ihn probieren möchten.

Sie können ihn gegen eine kleine Gebühr probieren, und haben Ivek etwas Geld gegeben, dann den Wein probiert und sind zufrieden. Begleitet von Musik treten wir zwei zuerst ein.

Organisator der Feier Ivek-Šuško und sein Assistent Jurič bringen uns zu einem Platz am Tisch. Schön dekorierte Zimmer und auf den Tischen zubereitete Weinkrüge und Mineralwasser. Für die jüngere Generation Säfte, Fanta und Coca-Cola. Begleitet von Musik kommen Gäste an unseren Tisch, gratulieren uns und wir bieten ihnen immer ein Getränk zum Anstoßen an.

Die meisten Gäste sind schon angekommen, Ältere kommen erst morgens vor

Sonnenaufgang. Es ist zehn Uhr und Ivek gibt den Musikern ein Zeichen zum Spielen.

Bei den ersten Takten der Musik stehen wir alle auf und singen.

„Guten Abend, meine Herren, Jesus hat uns versprochen,

Jesus hat uns versprochen, mit uns zu Abend zu essen.

Drei Vögelchen flogen herein und setzten sich auf einen Ast.

Das erste singt – gegrüßet sei Maria,

das zweite singt – barmherzig bist du,

das dritte singt – Gott ist mit euch."

Fleißige Köche kommen mit großen Suppen-Terrinen.

Mit „Gott segne diese Suppe und unsere fleißigen Köche", bedankt sich Ivek bei ihnen.

Nach der Suppe wird der Tisch mit Schweinefleisch, Hähnchen, Truthahn, Bratkartoffeln, Rizi-Bizi (Reis), Fladen-Nudeln und verschiedenen Salaten gedeckt. Hefezöpfe mit Mohn und Walnüssen, und Plätzchen als Dessert. Mokkakaffee gibt es, so viel wie man will.

Zufrieden und satt würde uns ein wenig Ruhe guttun, aber unsere Musiker heben die Menschen mit ihrer Musik einfach von den Stühlen. Unser Tanz „Drmeš" und Polka waren damals die beliebtesten Tänze auf Hochzeiten. Meine Mutter sagt, dass bei dieser Musik die Toten auferstehen würden. Fröhlich, fröhlich.

Eine kurze Pause für uns, aber keine Ruhe für Ivek. Begleitet von Musik beginnt er zu singen,

*„Vater, Mutter, Bruder, Schwestern,*

*ihr alle gebt, ihr alle schenkt,*

*diese junge Schwiegertochter,*

*die uns verlässt,*

*jemand fünfzig, jemand zwanzig,*

*dass es reicht, nur für ein Kinderbett."*

Dies ist ein Zeichen dafür, den Jungvermählten etwas zu schenken. Zuerst sind meine Eltern an der Reihe.

Ivek geht mit einem Teller zu ihnen und sie legen Geld auf den Teller. Sie kommen mit ihm zu uns, Ivek reicht uns den Teller und sagt:

„Das ist ein Geschenk von den Eltern der Braut, Barica und Miško."

Darko nimmt das Geld, gibt es mir und ich verstaue es in einer Schürze. Wir danken ihnen, bieten ihnen ein Glas Wein an und stoßen mit ihnen an. Darkos Eltern sind an der Reihe. Sie stellen eine dünne lange Schachtel auf den Teller. Ivek überreicht uns das Geschenk und sagt:

„Das ist ein Geschenk für die Braut von ihren Schwiegereltern, Maria und Boris. Es ist bei ihnen Brauch, dass die Schwiegereltern der Schwiegertochter etwas schenken."

Darko nimmt die Schachtel, öffnet sie und nimmt ein wunderschönes Armband heraus und hängt es mir an die Hand. Ich war überrascht, ich kannte ihre Bräuche nicht.

„Danke."

Nach den Eltern sind Brüder, Paten, Verwandte, Freunde und Nachbarn an der Reihe.

Die meisten von ihnen gaben Geld oder Geschenke wie Kristallgläser, Vasen, ein Set Töpfe, ein Set Essteller, Kaffeetassen, Besteck, Handtücher, Küchentücher, Bügeleisen, Kaffeemühle usw.

Es wird gesungen und getanzt, die Freude kennt kein Ende. Um 2 Uhr gibt es Gulaschsuppe und dazu Maisbrot, das Pate Mišo gekocht hat. Eine echte, leckere Erfrischung.

Ältere Gäste aus Opatija haben ein wenig geschlafen, bei uns, bei Jurič und anderen Nachbarn. Gordan kann nicht schlafen, -Ž- und der Wein hält ihn wach. Darkos Freunde wollen auch nicht schlafen, sie sind in guter Gesellschaft.

Die Sonne geht auf, das Wetter ist schön warm. Wir setzen die Feier in unserem Hof fort, bei Bratwurst, Bratkartoffel und Salaten. Die Musik spielt und wir umarmen uns im Kreis und singen:

Die Morgendämmerung dämmert
und ich muss gehen.
Es ist mir nicht schwer,
dass ich gehen muss,
es ist mir schwer, weil ich meine
liebe Mutter verlassen muss.
Spielen Sie mir Musiker,
spielen Sie mir zum Abschied.
Zur Freude der ganzen Welt,
zur Trauer meiner Mutter.

Ich war gerührt von dem Lied, nahm einen Kelch voll Wein und warf ihn über den Gartenzaun auf die Straße. Meine Mutter folgt meinem Beispiel und sagt:

"Viel Glück für dich, meine Tochter."

Nicht einmal Papa konnte widerstehen.

"Scherben bringen Glück", sagt er, "und der Brauch sagt, es ist besser, ein Dorf geht zugrunde als ein Brauch."

Gegen Mittag machen sich die ersten Gäste auf den Weg. Ich stehe mit meiner Schwiegermutter auf der Veranda, glücklich, weil alles in Ordnung ist, glücklich, weil alle glücklich sind.

Meine Patin Ljubica und die Cousine meiner Mutter Magdalena kommen, um sich von mir zu verabschieden. Sie wünschen mir alles Gute für mein weiteres Leben, in einer neuen Umgebung und in neuer Familie.

„Sie ist jung, sie wird sich schnell an eine neue Umgebung und das Leben bei uns gewöhnen, sie sollen bloß nicht gleich Kinder bekommen, sie sollen erst das Leben ohne Kinder genießen", sagte meine Schwiegermutter.

Ljubica und Magdalena waren ebenso sprachlos wie ich, und meine Mutter rettete die Situation, in dem sie mit vorbereiteten Kuchenpaketen für Ljubica und Magdalena zu uns kam. Es war üblich, dass jeder Gast ein Paket Kuchen als Dankeschön erhielt.

Die Worte meiner Schwiegermutter machten mir Angst, obwohl die Sonne wärmt, mir wird kalt. Sie erwähnte das schon zum zweiten Mal. Kann man das Leben mit Kindern nicht genießen? Muss ich sie fragen, wann ich Kinder bekommen soll?

Wie soll ich dieser Frau eines Tages sagen, dass ich ein Baby erwarte? Kinder waren für mich ein fester Bestandteil einer Ehe, ein Zeichen der Liebe. Unsere Hochzeit war eine Hochzeit aus Liebe, ist es eine Sünde, wenn aus dieser Liebe ein Kind geboren wird? Ich habe noch nicht darüber nachgedacht, wann wir Kinder haben werden, das überlasse ich dem Schicksal. Ich habe dieses Ereignis beiseitegelegt, weil heute ein Tag der Freude ist.

Der Hof leerte sich langsam, die Menschen aus Opatija bereiten sich auf die Reise vor. Mama überreicht ihnen ein Paket mit Fleisch und Kuchen zum Mitnehmen.

Gordan fällt der Abschied schwer, "Ž" küsst ihn immer wieder. Sein Gesicht ist mit Spuren von rotem Lippenstift bedeckt, er wollte nicht gehen, aber er muss. Er war begeistert von der Hochzeit, dem Essen, dem Wein und natürlich von "Ž".

Auch heute, 26 Jahre nach der Hochzeit, wenn wir uns begegnen, ist immer noch von unserer Hochzeit die Rede. Gordan kann nicht vergessen, dass er irgendwo in der Nacht einen Herrn gefragt hat, ob er "Ž" kennt, des Teufels Frau, sie lässt ihn noch immer nicht in Ruhe.

„Ich kenne sie wirklich gut, des Teufels Frau ist meine Frau", sagte Jurič zu ihm.

Über hundert Leute waren bei der Hochzeit, und er hat grade ihren Mann gefunden, um ihn nach ihr zu fragen. Jurič kannte seine Frau, wir alle kannten Tante Tuna oder "Ž", wie wir sie nannten, da sie den **Živeli** (prost) verkürzt hat in "Ž".

Sie war fröhlich, sie liebte es Spaß zu machen und die Gesellschaft zu unterhalten, mit ihr war es nie langweilig.

Davor und Borisić bleiben noch eine Nacht. Darko hat die ganze Nacht durchgehalten, aber als die letzten Gäste gingen, verkroch er sich ins Bett. Ich hatte keine Zeit zum Schlafen, wir mussten Štefs Haus aufräumen, damit er und seine Familie einen

Schlafplatz hatte. Als wir dann bei Štef fertig waren, haben wir bei uns weiter aufgeräumt.

Mein Bruder arbeitete in Umag und musste auch weg. Darko ist aufgewacht und möchte Vid mit Davor und Boris bis zum Bus begleiten, wenn ich nichts dagegen habe. Ich habe nichts dagegen, weil wir mit dem Aufräumen noch nicht fertig sind und keine Hilfe mehr brauchen.

Es ist aufgeräumt, die Betten sind fertig, es ist schon dunkel und sie sind noch nicht zurück. Ich bin müde und gehe schlafen. Die erste Hochzeitsnacht, und ich war allein im Bett, schlief aber sofort vor Müdigkeit ein. Ich wurde von lautem Singen geweckt, ich höre zu, es sind Darko und die anderen. Sie haben meinen Vetter Ruda getroffen und ihn auf einen Drink eingeladen in die Restauration. Darko entschuldigt sich. Fröhlich, immer noch fröhlich!

Montag ist ein freier Tag, aber nicht für uns. Das Wetter ist schön, im Hof stehen noch Tische und Bänke. Köche, Helfer und Nachbarn kommen wegen der Überbleibsel der Hochzeit und die Feier geht ohne Musik, aber mit Gesang weiter. Wir bieten allen Passanten auf der Straße Wein und Speisen an.

Wir haben viele Geschenke, Bettwäsche und meine Kleidung, die wir nach Opatija mitnehmen müssen. Deswegen fährt Darko mit Davor und Boris nach Opatija, um ein Auto zu mieten, und kommt zurück mit einem Opel Rekord, um mich abzuholen. Ich habe noch zwei Tage zum Packen.

Am Samstag, dem 15. Mai 1971 fuhren wir nach Opatija. Damit mir der Abschied nicht schwerfällt und die ersten Tage in meiner neuen Heimat leichter fallen, luden wir meine Mutter ein, mitzukommen. Treue Nachbarn und Verwandte sind wieder zusammengekommen, um mich zu verabschieden. Der Abschied fällt mir allerdings schwer.

Ich weine, warum weine ich?

Ich weine, weil mir bewusstwird, dass es ein Abschied von meinen Eltern und meinem Bruder ist, von meinen Verwandten, meinen Nachbarn und Freunden, meinem Zuhause, meinem Geburtsort. Für mich beginnt ein neues Leben in einer neuen Umgebung mit meinem Mann bei seinen Eltern.

Am Nachmittag erreichen wir Opatija. Ich habe Angst, Angst vor einer neuen Umgebung, einem neuen Zuhause, einem neuen Leben. Ich fürchte mich, dass ich keine gute Schwiegertochter sein werde, bisher war ich nur Gast im Haus und ab heute gehöre ich zur Familie.

Obwohl der Empfang herzlich war, war ich froh, meine Mutter an meiner Seite zu haben. Darko bringt mich zuerst zu unserem Zimmer. Gordan hat es geschafft, uns zu überraschen. Ein wunderschön gestrichener Raum, in heller Fliederfarbe, dekoriert mit hellen Motiven. Ein abgetrennter, breiter Rand der Wand, unterhalb der Decke, voller weißer Margaritas. In jede Ecke oben an der Wand malte er einen Strauß rot-rosa Rosen.

Dieses Kunstwerk haben uns Gordan und Štefica zur Hochzeit geschenkt. Die Möbel fügten sich wunderbar in diese Szene ein. Auch meine Mama war nicht nur von unserem Zimmer, sondern von der ganzen Wohnung überrascht.

Da das Zimmer sehr groß ist, haben uns Darkos Eltern zwei Sessel und einen kleinen Tisch dazu gegeben und ins Zimmer gestellt. Wir haben eine kleine Vitrine für unsere Geschenke gekauft, weil wir auch viele Geschenke von Darkos Verwandten bekommen haben.

Ich war überrascht von unserem Schlafzimmer und vergaß dabei meine Angst. Die Schwiegermutter hat das Abendessen vorbereitet und ich biete ihr an, den Tisch abzuräumen und den Abwasch zu machen.

"Nein ich mach das schon, und abtrocknen brauchst du auch nicht, ich lasse es abtropfen." "Wenn ich Ihnen bei irgendetwas helfen kann, sagen Sie es mir einfach, ich werde es gerne tun."

Meine Mutter blieb eine Woche bei uns. Es war eine unvergessliche Woche für sie und mich.

Die Schwiegermutter bereitet sich auf einen Besuch bei Freunden in Čakovec vor. Sie beschloss, mit meiner Mutter mit dem Zug, bis Zagreb zu fahren und weiter mit dem Bus. Darko und ich begleiten beide zum Zug.

„Seid brav zueinander, wenn ihr jemals Hilfe braucht, meldet euch gerne bei uns. Höre auf deine Schwiegermutter und deinen Schwiegervater, sei brav und gehorsam wie bisher, höre auf deinen Ehemann, sei ihm eine gute Ehefrau", verabschiedet sich meine Mutter, und wischt sich die Tränen weg.

"Sie werden es schaffen, keine Sorge, sie sind jung, sie sollen das Leben genießen, erst ohne die Kinder, sie haben noch genug Zeit für sie", sagte meine Schwiegermutter.

Warum erwähnt sie schon zum dritten Mal Kinder, würden die Kinder sie stören, oder hat sie Angst davor, Großmutter zu werden? Wir sind jung, aber damals mit 22 Jahren war ich schon ein „altes Mädchen", die letzte Zeit zu heiraten und Kinder zu bekommen.

Der Zug fährt langsam weg. Das Bild meiner Mutter, die mir vom Fenster des Waggons zuwinkt, verschwindet langsam in einem Tränenregen. Darko tröstet mich, seine Liebe und Nähe lindern meine Traurigkeit.

Es ist Montag, Darko muss zur Arbeit, zwei Wochen Urlaub sind schnell vergangen. Davor und der Schwiegervater sind auch bei der Arbeit und ich bin allein in so einer großen Wohnung. Nein, ich bin nicht allein, da ist der Kanarienvogel „Mićo", der fröhlich singt. Ich putzte die Wohnung, und gehe zum Markt.

Das Mittagessen muss pünktlich fertig sein, weil Davor und der Schwiegervater zum Mittagessen um ein Uhr kommen. Darko arbeitet bis zwei, und wir essen später zusammen. Meine Schwiegermutter hat montags immer „Durcheinander" gekocht, Gemüse, Bohnen mit Kassler oder Würstchen. Ich entscheide mich für „Maneštra", Bohnen mit Kartoffeln, Nudeln und Würstchen.

Maneštra ist eine Spezialität an der Küste und ich koche sie zum ersten Mal. Nur noch die Mehlschwitze und „Maneštra" ist fertig. Ich bin mir nicht sicher, ob meine Schwiegermutter die Zwiebeln erst gebraten hat, bevor sie das Mehl dazu gibt oder danach.

Davor kommt zur Hilfe, er denkt, dass Mutter zuerst die Zwiebeln anbrät und dann Mehl dazu. Heute weiß ich, dass es umgekehrt gemacht wird, aus Fehlern lernt man.

Ich briet die Zwiebel, fügte das Mehl hinzu, mischte beides und beobachtete, wie die Zwiebeln dunkler, fast schwarz wurden. Ich gebe es in die Maneštra und die schwarzen Zwiebeln schwimmen an der Oberfläche. Ich habe versucht, diese Zwiebeln herauszunehmen, aber nicht alle geschafft. Ich schaue traurig auf diese Maneštra, sie sieht nicht gut aus, der Geschmack ist mittelmäßig, ich muss noch viel lernen.

Davor und Schwiegervater aßen je einen Teller voll von Maneštra, sie sagten sogar aus Höflichkeit, dass er ausgezeichnet sei. Sobald Darko von der Arbeit kam, sagte ich ihm, dass mir Maneštra nicht gelungen sei. Er tröstet mich mit den Worten:

"Keine Sorge, beim nächsten Mal wird es besser." Den Rest der Woche habe ich Frikadellen, panierte Schnitzel und Koteletts mit Kartoffeln zubereitet.

Wir überlebten, bis die Schwiegermutter wieder zurückkam. Ich muss zugeben, sie ist eine gute Köchin, nur für meinen Geschmack gibt sie zu viel Knoblauch in jedes Gericht.

Jeden Morgen reinigt der Schwiegervater den Käfig vom Kanarienvogel Mičo und stellt ihn ans Fenster. Nach dem Mittagessen räume ich die Küche auf, schiebe dann das Fenster auf, um die von Mičo verstreuten Essenskrümel zu entfernen, und der Käfig mit Mičo fliegt aus dem zweiten Stock auf die Terrasse von Bulajić.

Ich laufe schnell die Treppe hinunter und bete zu Gott, dass Mičo lebt und die Bulajić zu Hause sind. Ich klingel an der Tür, ihr Sohn öffnet mir darauf, ich erkläre ihm was mir passiert ist und wir gehen auf die Terrasse. Der Käfig ist etwas zerknittert, Mičo verängstigt, aber am Leben.

Ich fürchte, was der Schwiegervater sagen wird, denn es ist sein Haustier. Der Schwiegervater lachte und taufte Mičo als den Fallschirmspringer Mičo.

Als die Schwiegermutter aus Čakovec zurückkam, schlug sie vor, dass sie für uns alle kochen würde und wir ihr monatlich 80.000 Dinar für Essen und Nebenkosten geben. Der Rest von Darkos Gehalt reichte grade noch für die Busfahrt zur Arbeit und einen Brunch in der Firma.

Jeden Morgen geht mein Schwiegervater in den Laden, um Brot und Milch für das Frühstück zu holen, nach dem Frühstück geht er zur Arbeit und die Schwiegermutter geht auf den Markt. Wenn sie zurückkommt, putzt sie erst die Wohnung.

Ich biete ihr meine Hilfe an, die sie immer mit den Worten ablehnt, sie brauche keine Hilfe, ich sollte nur mein Zimmer aufräumen, den Rest macht sie. Küche und Bad stehen nach dem Mittagessen an. Tante Nada kommt jeden Morgen zum Kaffee, wenn sie vom Markt zurückkommt. Sie bringt ein bisschen Freude ins Haus.

Beim Zubereiten des Mittagessens beobachte ich meine Schwiegermutter bei ihrer Arbeit und auch hier verweigert sie meine Hilfe. Jeden Montag ist Waschtag. Die halbautomatische Waschmaschine erleichtert die Arbeit, gespült wurde mit der Hand und auch hier bin ich überflüssig.

Meine Schwiegermutter trennt meine Wäsche zum Bügeln, Gott sei Dank kann ich wenigstens etwas tun.

Ich fühle mich nicht wohl, während sie arbeitet und ich sitze, und schaue ihr dabei zu. Ich würde ihr doch gerne helfen, es wäre einfacher für sie und ich würde mich nicht überflüssig fühlen. Warum sagt sie immer, dass sie keine Hilfe braucht, denkt sie vielleicht, ich weiß nicht, wie man aufräumt?

Mit zehn Jahren fing ich an, zu Hause aufzuräumen, Geschirr zu spülen und die Küche zu fegen, Wasser von einer Trinkpumpe zu holen usw. Mama hat den ganzen Nachmittag den Nachbarn auf dem Feld geholfen und war ziemlich müde, als sie abends nach Hause kam.

Dann fing sie an, das vom Mittagessen übrig gebliebene Geschirr zu spülen. Einmal wollte ich sie überraschen und habe die Küche aufgeräumt.

Die Überraschung ist mir gelungen, ich war stolz, als sie mich gelobt und mir gesagt hat, dass ich es gut gemacht habe und sie sich jetzt ausruhen kann, weil alles sauber ist. Nach diesem Kompliment war meine Lieblingsbeschäftigung das Aufräumen. Gerne habe ich auch bei anderen Arbeiten geholfen.

Im Sommer, während der Schulferien vom 15. 06. bis 01. 09. ging ich mit meiner Mutter und Nachbarin Kršićka in den Wald, um Holz zu holen zum Heizen im Winter. Jeden Morgen um halb vier aufstehen und in den Wald gehen, weil es noch nicht heiß war.

Die Zweige eingesammelt, zusammenbinden und die Last auf unseren Köpfen tragen. Um sechs Uhr waren wir schon zurück. Am späten Nachmittag ließ ich die Kuh auf der Wiese grasen und musste aufpassen, dass die Kuh nicht beim Nachbarn in den Mais geht.

Wir haben eine Kuh und zwei Schweine gehabt. Auch ein Dutzend Hühner. Milch und Eier hat meine Mutter an die Nachbarn verkauft.

Auf dem ehemaligen Flughafen wurden mit Gras bewachsene Teile zum Mähen verkauft, und Vater hat eine Parzelle gekauft. Damals gab es noch keine Elektromäher, gemäht wurde mit Handmähern. Vater hat den ganzen Tag gemäht und ich habe die Reihen hinter ihm verstreut, damit sie besser trocknen.

Zwei Tage musste das Gras getrocknet werden, und am dritten Tag wurde das Heu mit der Pferdekutsche nach Hause transportiert. Das war genug Futter für unsere Kuh über den ganzen Winter.

Im Garten gingen das Jäten und Umgraben nicht ohne mich. Wir hatten auch viel Gemüse zum Verkauf. Waldbeeren, Himbeeren und Erdbeeren im Wald zu pflücken war für uns Kinder eine wahre Freude, drei in den Mund und eine in den Topf. Mutti hat die Beeren auch auf dem Markt verkauft.

Wir sind mit Kršićka, unserer Nachbarin und ihrer Schwiegertochter bis zum Gipfel des Medvednica gelaufen, um frische Brennnesseln für die Schweine zu holen, weil sie im Sommer dort später heranwachsen.

Zwei Stunden zu Fuß nach oben und zwei zurück. Als die Säcke voll waren, ruhten wir uns mit Kršićkas Kirsch- oder Käsestrudel aus und tranken Wasser aus der Quelle.

Der Weinberg lag ziemlich weit von unserem Zuhause entfernt, also halfen auch immer unsere Nachbarn bei der Weinlese. Es gab kein Auto um die Trauben nach Hause zu transportieren, deshalb trugen die Männer sie in Brents auf dem Rücken. Wir haben den Wein an die Nachbarn verkauft.

Nach der Weinlese im Oktober war die Kastanienernte an der Reihe, die hat meine Mutter auf dem Markt verkauft. Wir haben geschnittenen Kohl und ganze Köpfe für Sarma eingelegt, Kartoffeln und Möhren eingekellert für den Winter.

Zum Feiertag „Allerheiligen" verkauften wir Chrysanthemen aus unserem Garten auf dem Mirogoj-Friedhof, und Blumengestecke, die meine Mutter extra dafür gemacht hatte.

Das Schlachten war Ende November. Wir hatten leider keine Tiefkühltruhe und Schinken, Rippchen, Speck, Keulenfleisch, Kopf, Speckhaut wurden gepökelt. Danach haben wir Schinken, Rippchen und Speck auf dem Dachboden geräuchert, und die anderen Zutaten wurden zum Kochen einer Sülze verwendet. Der Speck wurde in Würfel geschnitten und in einem großen Topf auf dem Herd geschmolzen. Wir hatten Schmalz zum Braten und Grieben zu essen.

Zwei Wochen vor Weihnachten fing meine Mutter an, kleine Tannenbäume aus Tannenzweigen zu machen, die mein Vater und ich aus unserem Wald mitgebracht hatten.

Obwohl wir Waldbesitzer sind, mussten wir dafür eine spezielle Forstgenehmigung haben und erst dann konnten wir die kleinen Tannenbäume verkaufen.

Ich habe all diese Arbeiten mit Freude gemacht, und meine Mutter hat gerne meine Hilfe angenommen. Ich war stolz, als meine Nachbarn meiner Mutter sagten, dass sie glücklich sein muss, eine so fleißige Tochter zu haben.

Ich war eine gute Schülerin. "Alles in Ordnung, nur eine schlechte Handschrift", sagte meine Mutter zu mir, als sie von einem Elternabend nach Hause kommt.

Bei mir gab es nie Probleme. Ah ja, ich hatte doch einmal ein großes Problem.

In der ersten Klasse der Grundschule und im Alphabet kamen wir bis zum Buchstaben **J**. Ich habe vergessen, den Stoff aus dem Buch zu lernen, das wir als Hausaufgabe bekommen haben.

Am nächsten Tag lese ich, oder besser gesagt, stotterte ich beim Lesen: „Joj, Mijo, joj, joj meni joj"…. (Aua Mijo aua, aua, aua).

Die Lehrerin ist nicht zufrieden, sie schreibt mir mit **rotem** Stift eine **2** (in Deutsch 5) unter den Stoff im Lehrbuch.

Als ich nach Hause kam, fragte mich meine Mutter, wie es in der Schule war, ob ich einige Hausaufgaben hätte, ob ich eine Note fürs Lesen bekommen hätte.

"Ich muss für die Hausarbeit etwas aus dem Buch abschreiben, ich habe keine Note bekommen." „Gut, mach deine Hausaufgaben nach dem Mittagessen, ich kontrolliere morgen früh alles, jetzt muss ich bei Tante Rose im Garten helfen.“

Ich habe meine Hausaufgaben gemacht, aber die **2** lässt mir keine Ruhe, ich denke ständig darüber nach. Ich blättere in dem Buch, und die **rote 2** lacht mich an.

Ich nehme das Radiergummi und versuche die **rote 2** zu löschen. Durch die starke Reibung verschwindet die **2**, aber ein Loch erschien.

Wenn ich nur nicht gelöscht hätte, was würde meine Mutter sagen, wenn sie das sieht? Abends kam sie müde nach Hause und fragte nur, ob ich meine Hausaufgaben gemacht hätte, sie würde das morgen früh nachsehen.

Morgens habe ich Angst aufzustehen und schaue heimlich zu, was meine Mutter macht. Sie hält das Buch in der Hand und blätterte, ich bete zu Gott, dass sie das Loch nicht sieht. Ich wusste, was mich erwartete, wenn sie das Loch sieht. Ich stellte mich schlafend, aber sie kam mit dem Buch ans Bett und bemerkte sofort, dass ich wach war.

*„Ich sehe, du bist wach, steh auf, was ist das?"*, sie zeigt mir das Buch und das Loch auf die Seite, *„woher kommt dieses Loch?"*

"Ich weiß nicht." *"Wie du weißt das nicht, lüg mich nicht an."* "Vom Radieren." *"Warum hast du radiert?"* "Wegen der Note." *"Wie viel hast du bekommen?"* "Zwei." *"Warum hast du mich gestern angelogen, als ich dich gefragt habe, ob du eine Note bekommen hast?"*

"Ich hatte Angst, dass ich Dresche kriegen werde, wenn du hören würdest, dass ich eine **2** fürs Lesen bekommen habe." Ich habe trotzdem Dresche gekriegt, aber nicht wegen der **2**, sondern wegen lügen und radieren.

Es war wirklich „Joj Mijo joj, joj meni joj" (Aua Mijo aua, aua aua). Danach gab es keine Lügen mehr.

Als ich acht Jahre später in der achten Klasse in Geschichte, bei der mündlichen Prüfung eine 6 bekam, erzählte ich es sofort meiner Mutter.

Ihr Kommentar war:
"Du wirst das sofort korrigieren, wie kommt es, dass du eine 6 bekommen hast?" Wir haben eine Arbeit geschrieben, das Thema, Zweiter Weltkrieg, und nur fünf von uns dreißig in der gesamten Klasse bekamen eine 1.

Ich kannte meine Arbeit auswendig, weil ich lernte, während ich auf die Kuh aufpasste, damit sie nicht zu den Nachbarn in den Mais geht, während sie das Gras fraß.

An diesem Tag nahmen wir einen neuen Stoff durch. Die Lehrerin war schlecht gelaunt und fing an, nur uns zu befragen, die eine 1 bekommen hatten. Eine Frage, ein falsches Wort in der Antwort: „Setz dich hin, hier hast du eine 6 und lerne."

Wir dachten, dass wir zu Unrecht eine 6 bekommen haben und haben uns alle beim Schulleiter beschwert. Am nächsten Tag entschuldigte sich die Lehrerin bei uns und sagte zu uns, wir hätten nicht gleich zum Schulleiter gehen sollen. Sie befragt uns wieder und wir bekommen alle eine 1. Mutti wurde sofort benachrichtigt. "Nun, ich habe dir doch gesagt, du würdest es korrigieren."

Einen Monat nach der Hochzeit bereitete Darko eine Überraschung für mich vor. Er bemerkte meine Traurigkeit und Einsamkeit, die mich bedrückte.

**"Ich habe Bahntickets gekauft, wir fahren am Samstagmorgen nach Zagreb."**

*"Und dein Fußball?"* **"Das Spiel findet am Freitagnachmittag statt."** *"Vielen Dank."*

Darko spielte Fußball, er war Torhüter beim Fußballverein „INA" in Rijeka und jeden Sonntagmorgen gab es ein Spiel. Er hat sich seit seiner Kindheit mit Fußball und Segeln beschäftigt, ich hatte nichts dagegen, dass er immer noch Sport treibt.

Ich freue mich darauf, nach Zagreb zu kommen. In der Straßenbahn vom Bahnhof zum Busbahnhof beobachte ich stolz das Armband an meiner Hand. Wir steigen aus der Straßenbahn und sehen den Bus an der Bushaltestelle und rennen dorthin. Der Busfahrer schaltete den Motor ein, sah uns aber rennen und wartete auf uns. Wir steigen in den Bus, der sofort abfährt. Ich hielt den Griff fest und mein Blick blieb an meinem Arm hängen, wo das Armband sein sollte.

*"Darko, mein Armband, ich habe es verloren."* **"Nein, wo?"**

*"Ich weiß nicht, als wir aus der Straßenbahn ausgestiegen sind, war es noch da, es sieht so aus, als wäre es herabgefallen, als wir gerannt sind."*

Der erste Gedanke war, was meine Schwiegermutter sagen würde, wie ich die Kraft aufbringen und ihr sagen könnte, dass ich das Armband verloren habe, das sie mir nur einen Monat zuvor geschenkt hatten. Meine Freude, nach Zagreb gekommen zu sein, wurde von Traurigkeit überdeckt.

Wir haben es geschafft Mama und Papa zu überraschen, weil sie nicht gewusst haben, dass wir kommen, sie haben sich sehr gefreut. Ich erzähle ihnen sofort von meinem Unfall mit dem Armband.

Bei mir läuft aber auch alles schief. Mićo ist mit dem Käfig aus dem Fenster gefallen, aber Gott sei Dank ist er am Leben geblieben. Mein Schwiegervater hat mir eine Stelle im Fremdenverkehrsamt besorgt. Ich habe mit ihnen gesprochen und sie suchen eine Sekretärin mit Englischkenntnissen, und mein Englisch reicht für diesen Job nicht aus. Und jetzt das Armband. Wenn ich es selbst gekauft hätte, hätte ich es bereut, aber jetzt wird es schwierig für mich.

Meine Mutter sah, dass ich besorgt war, und beim Abschied sagte sie zu mir:
„Mach dir keine Sorgen, hier sind hundert DM, kauf dir ein neues und du brauchst niemandem zu sagen, dass du es verloren hast." Der Abschied war wieder schmerzhaft.

Zu meinem Glück haben wir in Triest das gleiche Armband gefunden, das ich aus

Angst, es wieder zu verlieren, nur wenige Male am Arm hatte.

Die Schwiegermutter vermietet im Sommer Zimmer an Touristen. Mehrere deutsche Familien kommen seit Jahren nach Opatija. Das Ehepaar Anna und Karl Wichert logiert diesmal mit Freunden im Hotel Belvedere.

Die Schwiegermutter lud sie zu Kaffee und Kuchen ein. Sie spricht Deutsch und man sagte ihr, sie wollen am Samstag mit dem Auto nach Venedig fahren und uns als Hochzeitsgeschenk einladen.

**- One day of Venice -**.
Ihre Freunde fahren auch mit.

Sogar die Schwiegereltern können mit in ihrem Auto fahren.

Ich habe Venedig nur auf Bildern gesehen, in der Schule habe ich gelernt, dass es eine Stadt auf dem Wasser ist, aber Venedig vor Ort persönlich zu sehen, etwas Einzigartiges, etwas, das in ewiger, unvergesslicher Erinnerung bleibt.

Unvergesslich war die Fahrt vom Parkplatz, mit dem Schnellboot, durch enge Kanäle zum Markusplatz mit einer kurzen Pause auf der Insel Murano, wo wir bei der Herstellung verschiedener Glasobjekte zuschauten.

Natürlich, das Souvenir war wunderschön, gläserne Gondeln, die wir von Wicherts Freunden geschenkt bekamen, und auf dem Markusplatz zu Mittag essen und Tauben füttern.

Den Markusdom besuchen, die Seufzerbrücke und den Dogenpalast bewundern, durch enge Passagen voller Geschäfte zur berühmten Rialtobrücke am Kanale Grande zu gehen, und die geschickten Gondoliere von der Brücke aus zu beobachten, ist ein Erlebnis, das ich mir in meinen Träumen nicht vorstellen konnte.

Die grandiose Aussicht vom Markusturm auf den Markusplatz und auf die gesamte Lagune von Venedig, haben wir uns nicht entgehen lassen. Zum Abschied von Venedig gab es noch einen Cappuccino auf dem Markusplatz.

Es war ein unvergesslicher Tag für mich, ein wunderbares Geschenk, eine kleine Hochzeitsreise. Wir danken dem Ehepaar Wichert – **DANKESCHÖN** -! Ein bescheidenes Dankeschön aus tiefstem Herzen war alles, was ich in Deutsch kannte.

Ende Juni besuchte uns mein Bruder, der in Umag arbeitet. Ich bin froh, dass er gekommen ist, und freue mich als er uns gesagt hat, dass sie in einem Monat ihre Arbeit in Umag beenden und nach Opatija kommen werden.

Sie richten automatische Telefonzentralen in mehreren Hotels ein und werden einige Monate in Opatija bleiben.

Um das zu feiern, lädt er uns zu einem Barbecue in das „Starina" ein. Das Essen war großartig, aber am nächsten Morgen ist mir übel. Ich stehe auf, renne ins Bad und übergebe mich. Gegrilltes liegt mir schwer im Magen.

Mittags kocht die Schwiegermutter Gulasch mit Gnocchi. Sie brät die Zwiebeln an und fügt den Knoblauch hinzu und der Geruch wird für mich unerträglich, ich renne wieder ins Badezimmer. Am nächsten Tag wache ich wieder mit Übelkeit und Erbrechen auf, obwohl ich am Vortag nichts am Abend gegessen hatte.

Ich denke darüber nach, was es sein könnte, ich bin nicht schwanger, ich hatte meine Periode vor acht Tagen bekommen, genau an dem Tag, als wir nach Venedig fuhren.

Wir begleiten meinen Bruder zum Bus nach Umag, und wir beide machten einen Spaziergang am Meer. Der Grillgeruch, der vom Wind getragen von der Terrasse des Hotels kommt, stört mich, mein Magen protestiert, beruhigt sich aber schnell. Am nächsten Morgen renne ich wieder ins Badezimmer, das Erbrechen wird zum obligatorischen Begleiter des morgendlichen Aufwachens. Ich war mir sicher, dass ich schwanger war, aber ich würde trotzdem zum Arzt gehen.

Der Schwiegervater bereitet mit seinen Mitarbeitern aus dem Büro, einen dreitägigen Ausflug nach Slowenien vor. Er würde einen Mini-Bus mieten und braucht dafür einen Fahrer, also fragt er Darko, ob er bereit ist und ob er drei Tage freibekommt, und ich kann auch mit ihnen fahren.

Okay, kein Problem, aber ich wollte zuerst einen Arzt aufsuchen. Am Montag wäscht meine Schwiegermutter die Wäsche und ich sage ihr, dass ich zum Arzt gehe, weil mir der Bauch wehtut, was auch stimmte. Neben Erbrechen treten auch Schmerzen auf, wenn ich etwas länger auf den Beinen war.

"Herzlichen Glückwunsch", sagt mir der Arzt nach der Untersuchung, "Sie sind seit zwei Monaten schwanger." "Seit zwei Monaten schon? Vor einem Monat hatte ich doch noch meine Menstruation, es war aber nicht wie sonst, es war nur ein Tag." „Sie haben fast das Kind verloren, sie sind offen, und müssen zum Nähen ins Krankenhaus gehen, aber wir versuchen es erst mal mit zwei Wochen strenger Bettruhe, vielleicht funktioniert das ja.

Also am 13. Mai. 71 hatten sie eine normale Menstruation, plus sieben Tage und das heißt, der Termin wäre am 20. Februar. 72.

Es kann eine Woche früher oder später passieren. Sagen sie der Schwester, dass sie in zwei Wochen zur Kontrolle kommen, wenn etwas nicht stimmt, kommen sie sofort, passen sie gut auf sich auf, strenge Bettruhe."

"Pošćić Ljubica, krankenversichert durch ihren Ehemann Darko, sind Sie die Schwiegertochter von Boris Pošćić?" "Ja, Schwiegertochter von Maria und Boris."

„Ich freue mich, dass Boris Opa wird, wir kennen uns schon lange. Ich kenne Darko und Davor seit ihrer Kindheit, wir wohnten mehrere Jahre im selben Haus in der Maršala-Tita-Straße. Wir sehen uns in zwei Wochen."

Ich freue mich auf die Neuigkeiten, aber die Angst, das Kind zu verlieren, hat meine Freude und mein Glück getrübt. Ich habe keine Lust, nach Hause zu gehen. Darko ist bei der Arbeit, und meine Schwiegermutter wird mich sicher fragen, was der Arzt mir gesagt hat. Ich habe Angst vor ihrer Reaktion, wenn sie hören würde, dass ich schwanger bin.

Ich gehe in den Park, setze mich auf eine Bank und denke nach. Ich bin jetzt fast drei Monate in Opatija. Ich habe das Gefühl, dass meine Schwiegermutter mich nicht als Familienmitglied akzeptiert hat.

Ich hoffte, sie würde mir helfen, mich an die neue Umgebung anzupassen, dass ich viel von ihr lernen würde, weil ich wirklich bereit war zu lernen, dass sie mir die Chance geben würde, ihr zu zeigen, was ich kann und weiß.

Aber nichts davon, sie akzeptierte mich als ihre Schwiegertochter, oder besser gesagt als die Frau ihres Sohnes. Ihre Haltung mir gegenüber wurde kalt. Sie ist oft schlecht gelaunt, ich traue mich nicht mehr sie zu fragen, ob ich ihr helfen kann.

Ich freue mich jeden Tag auf Tante Nada, wenn sie vom Markt nachhause geht, und auf eine Tasse Kaffee und ein Gläschen Likör vorbeikommt. Dann sitzt meine Schwiegermutter gut gelaunt, lächelnd und fröhlich bei ihr, ansonsten ist sie nur am sauber machen. Gott bewahre, wenn sie nicht einen Tag Staub saugt und den Staub wischt. Die Wohnung war nicht nur sauber, man könnte sagen steril.

Ich habe mich nicht einmal getraut, ein Glas Wasser zu trinken, um die Spüle nicht nass zu machen. Sie sagt immer, sie sei müde von der vielen Arbeit, aber sie nimmt keine Hilfe an.

Ich beschloss, meiner Schwiegermutter zu sagen, dass sie Oma werden würde. Sie wird sicherlich nicht erfreut sein, die Neuigkeiten zu hören, aber ich kann es nicht verbergen.

Ich komme tapfer nach Hause, meine Schwiegermutter wäscht die Wäsche im Badezimmer und ich sehe, dass sie schlechte Laune hat. Sie spricht mich in einem wütenden, erhobenen Ton an:

"Die Dame ist endlich nach Hause gekommen und was hat der Arzt gesagt." Vor Angst war ich fast sprachlos:
„Eierstockentzündung, zwei Wochen strikte Ruhe", antworte ich verwirrt. Ich ziehe mich schnell in mein Zimmer zurück. Tränen strömten über mein Gesicht.

Ich weine - warum weine ich?

Ich weine wegen meiner Lüge, warum habe ich gelogen, warum habe ich Angst, warum habe ich nicht den Mut, ihr die Wahrheit zu sagen. Wenn sie nicht so schlechte Laune gehabt hätte und mich nett gefragt hätte, hätte ich ihr bestimmt die Wahrheit gesagt.

Ich habe gelogen, weil mir ihre Worte auf der Hochzeit immer noch in den Ohren klingen, wir sollen nicht sofort Kinder bekommen.

Also hatte ich Angst, dass sie mich unfreundlich zurechtweisen würde, weil ich sofort schwanger wurde, ich hätte aufpassen sollen, dass das nicht passiert.

Aber das ist mein Kind, es wird sie nicht stören oder eine Last sein. Dieses Kind ist ein Teil von mir und meinem Mann, den ich von ganzem Herzen liebe, es ist die Krone unserer aufrichtigen Liebe. Weine nicht, denke an das Kind, das du in dir trägst, sei geduldig und mutig, kämpfe dafür, dass dieses Kind gesund und munter auf die Welt kommt.

Darko findet mich im Bett und fragt mich sofort, was der Arzt gesagt hat. Ich sage ihm, was er mir gesagt hat, er tröstet mich:

**"Mach dir keine Sorgen, alles wird gut, leg dich einfach hin und pass auf dich auf."** *"Ich habe deiner Mutter nicht die Wahrheit gesagt, sagst du es ihr."* **"Ich werde es ihr sagen, wenn sie mich fragt, keine Sorge."**

Vor der Reise nach Slowenien, (ich bin nicht mitgefahren) sagte mein Schwiegervater zu mir, ich sollte vorsichtig sein und auf mich aufpassen, er traf Schwester Graciela und sie hat ihm gesagt, welche Probleme ich hatte.

Ich war überrascht. Soweit ich weiß, ist das medizinische Personal verpflichtet, die Diagnose für sich zu behalten, aber Schwester Graciela hat gegen das Gesetz verstoßen. Jetzt wusste die Schwiegermutter auch, dass sie Oma wird und dass ich Probleme habe, aber sie zeigte nicht, dass sie das wusste, sie war sicherlich wütend und beleidigt, weil ich ihr nicht die Wahrheit gesagt habe, sondern sie angelogen habe.

Sie könnte mich wenigstens fragen, warum ich sie angelogen habe.

Zwei Wochen vergingen schnell und der Arzt sagte mir nach der Untersuchung, dass ich nicht ins Krankenhaus muss, ich sollte mich so viel wie möglich ausruhen und hinlegen, und nichts Schweres arbeiten und alles wird gut. Ich folgte diesem Rat, weil mich die Schmerzen zwangen, den größten Teil des Tages im Bett zu verbringen.

Ich teilte meiner Mutter in einem Brief mit, dass sie Oma werden würde und was für ein Problem ich hatte. Ihre Antwort kam schnell, sie war froh und freute sich sehr darauf, ich sollte auf mich aufpassen.

Mitte September fahre ich nach Zagreb. Meine Jugendfreundin Slavica heiratet. Ich gehe alleine, weil Darko arbeiten muss. Zwei Tage vor der Abreise nach Zagreb empfängt die Schwiegermutter Gäste aus Deutschland, das Ehepaar Elli und Siegfried Wichert, Schwiegertochter und Sohn von Anne und Karl. Nette Leute, leider kann ich sie überhaupt nicht verstehen.

Sie schenken uns ein Besteck für die Hochzeit und luden uns in die Nachtbar des Palma Hotels ein.

Es war ein schöner Abend und ein gutes Programm, unter anderem Striptease. Etwas Neues für mich, ich habe bis dahin nicht geglaubt, dass es so etwas wirklich gibt.

Ich blieb fast zwei Wochen in Zagreb, die sehr schnell vergingen. Elli und Sigfried sind ein paar Tage vor meiner Ankunft abgereist. Zwei Tage nach meiner Rückkehr, meine Schwiegermutter, Tante Nada und ich sitzen in der Küche, und plötzlich fragt mich meine Schwiegermutter mit fröhlicher Stimme, ob Darko mir gesagt habe, was er mit Siegfried vereinbart habe.

"Nein, er hat mir nichts gesagt." „Sie haben über Arbeit und Gehalt gesprochen, über die Möglichkeiten, eine Wohnung hier zu bekommen. Siegfried fragte ihn, ob er bereit wäre, nach Deutschland zu kommen, er würde ihm einen Job besorgen, es sei kein Problem eine Wohnung zu finden, und er hätte ein viel höheres Gehalt.

Darko hat dem zugestimmt und Dir noch nichts gesagt, komisch."

Wenn ich nicht in dem niedrigen Sessel meines Schwiegervaters gesessen hätte, weiß ich nicht, was mit mir passiert wäre. Für einen Moment wurde es mir schwarz vor Augen und in diesem Moment spürte ich eine Bewegung in meinem Bauch, gefolgt von einem Schmerz, der mich zurück in die Realität holte.

Ich erstarrte vor Angst, ich werde mein Kind nicht von diesem Schock verlieren. Der Stupser wurde wiederholt und mir wird klar, dass es kein Schmerz ist, es ist Leben. Ich spürte mein Kind, es erwachte zum Leben, es bewegte sich, als ob es ahnte, was mit mir geschah, und mir helfen wollte.

Mit seinem etwas stärkeren Stupsen lässt es mich wissen, dass ich nicht allein bin, dass es da jemanden gibt, der mich braucht. Weder Tante Nada noch meine Schwiegermutter bemerkten, was mit mir geschah. Ich stand auf und ging wortlos in mein Zimmer.

Ich weine, warum weine ich? Anstatt mich auf ein neues Leben zu freuen, weine ich. Ich weine, und konnte nicht glauben, dass mein Mann beschlossen hat, nach Deutschland zu gehen, ohne mit mir darüber zu sprechen oder mich zu fragen, was ich davon halte.

Warum hat er mir nicht gesagt, dass er mit Siegfried gesprochen hat, ich musste das von seiner Mutter erfahren. Er weiß, dass wir ein Kind erwarten, was mit mir und dem Kind passieren wird, werden wir allein gelassen und die Tage und Monate zählen, um wieder zusammen zu sein, und er hat geschworen, dass uns nichts mehr trennen wird.

Ich ersticke an Tränen und bekomme wieder einen stärkeren Stupser in die Magengrube.

Okay, ich werde nicht weinen, ich streichle meinen Bauch und ich rede mit diesem kleinen Wesen – wenn das Schicksal deinen Vater und mich trennt, bleiben wir beide zusammen, weil ich nicht nach Deutschland gehe –.

Ich wartete darauf, dass Darko mir etwas darüber erzählte, aber er sagte mir nichts. Ich konnte es nicht ertragen und frage ihn abends, ob er vergessen hat, mir etwas zu sagen, als ich aus Zagreb kam.

**"Es ist nichts Wichtiges passiert, worüber wir reden sollten."** *"Nein, warum musste ich dann von deiner Mutter erfahren, dass du dich entschieden hast, nach Deutschland zu gehen?"* **"Ah, das ist nichts Ernstes, das wird nichts, keine Sorge."**

Mit diesen Worten war das Thema für ihn beendet. Ich war mit dieser Antwort nicht zufrieden, und fühlte mich in dem Moment in diesem Haus überflüssig. Für ihn war das Thema aber erledigt, aber Zukunftsangst und Traurigkeit blieben in meinem Herzen.

Ich dachte, so eine wichtige Sache sollte zuerst zwischen Mann und Frau vereinbart werden, und er schließt mich davon einfach aus.

Mein Bruder und seine Firma arbeiten im Hotel Adriatik, um eine Telefonzentrale einzurichten. Sie haben natürlich auch eine Unterkunft im Hotel, aber er kommt jeden Tag zu uns, und ich fühle mich dann nicht so allein.

Zu meinem Geburtstag am 14. Oktober schenkt er mir ein Bild von einem Mädchen mit einem Buch in der Hand und einer Träne im Auge. Hat er erraten, in welcher Stimmung ich war? Ich war berührt von diesem Bild und sage ihm nicht, warum mir auch eine Träne aus den Augen lief.

Ende Oktober erhielt die Schwiegermutter einen Brief aus Deutschland. Sie las ihn und sagte mir fröhlich, es sei ein Brief von Elli. Sie schreibt, dass Siegfried mit dem Leiter einer Firma gesprochen hat, die Holzstützen für Kohlengruben herstellt und dass bereits mehrere Jugoslawen für ihn arbeiten, und er einen Bekannten in Jugoslawien hat, der gerne nach Deutschland kommen möchte.

Der Firmenchef versprach ihm, alles zu tun, was er könne, und meldet sich dann bei ihm, aber es wird einige Zeit dauern, weil der Papierkram für die Arbeit in

Deutschland durch das Jugoslawische Konsulat erledigt werden muss.

Ich sagte nichts dazu, jedes glückliche Wort von ihr traf mich ins Herz. Es war schwer für mich, sie freut sich darüber, sieht sie nicht wie sehr es mich das trifft.

Ich zog mich wortlos ins Zimmer zurück und Tränen liefen wieder über mein Gesicht. Ich setze mich in einen Sessel, lege die Hände auf den Bauch und sage zu dem kleinen Wesen, das sich mit einem Stupser meldete:

"Es sieht so aus, als würden wir doch allein gelassen."

Die Schwiegermutter erzählte dann selbst Darko, dass sie einen Brief von Elli erhalten hatte und dass Siegfried bereits mit dem Leiter einer Firma darüber gesprochen habe, ob sie Arbeiter einstellen würden, und er sagte ihm, dass sie einstellen würden, aber es würde dauern.

Er hat nichts dazu gesagt, und sie sagt ihm noch, dass er gut zu mir sein muss, weil ich sonst nicht unterschreiben werde, dass er nach Deutschland geht.

"Gut oder nicht, ich unterschreibe nichts, wenn er will, soll er nach Deutschland gehen und ich gehe nach Zagreb."

Ich fragte mich, woher ich die Kraft hatte, das zu sagen, sonst schweige ich immer und wage es nicht, etwas zu sagen. Die anderen waren von meinen Worten überrascht und beendeten das Thema.

Die Schwiegermutter hat Probleme mit dem Kniemeniskus und Mitte November einen OP-Termin in Lovran.

Für diesen Monat gaben wir ihr unseren Anteil des Geldes für die Lebensmittel und als sie ging, sagte sie mir, dass der Vater mir jeden Tag Geld zum Einkaufen geben würde.

Ich habe nicht vergessen, dass er mir vier Tage lang dreitausend Dinar am Tag hinterlassen hat. Am fünften Tag hat er mir nichts hinterlassen, wahrscheinlich hat er es vergessen. Gut, dass ich etwas von den

Vortagen übrighatte, also habe ich noch etwas für Brot und Gemüse für eine Gemüsemaneštra.

Ich wage ihn abends nicht zu fragen, ob er vergessen hat mir Geld für den Markt zu lassen, ich werde es morgen sehen. Am nächsten Tag nichts, kein Geld auf dem Tisch, nichts im Kühlschrank.

Ich nehme von unserem Geld und sage später Darko und Davor, sie sollen Vater fragen, ob er vergessen hat, mir Geld für Lebensmittel zu hinterlassen. Wenn ich von unserem Geld nehme, dann hat Darko kein Geld für den Bus bis Ende des Monats.

Sie trauen sich auch nicht, ihn zu fragen, denn er ist jeden Abend beschwipst. Davor gibt mir ein wenig, er hat auch nicht viel, und mein Bruder gibt uns so viel wie er kann, denn das Ende des Monats naht und wir sind alle pleite.

Es ist Sonntag, mein Bruder und wir würden gerne meine Schwiegermutter im Krankenhaus besuchen, aber wir müssen das Kleingeld zusammenzählen, um zu sehen, ob wir für den Bus nach Lovran genug haben.

Darko muss für den Bus nur Geld für die Hinfahrt haben, weil er morgen seinen Lohn kriegt und dann für eine Rückfahrkarte Geld hat. Wir haben nicht genug und sind uns alle einig, die einzige Möglichkeit ist es zu Fuß nach Ičići und weiter mit dem Bus nach Lovran, und zurück zu Fuß von Lovran nach Ičići und mit dem Bus nach Opatija zu fahren. Es war ein bisschen hart, aber ausdauernd für mich.

Der Schwiegermutter geht es gut und sie fragt mich, ob Vater mir Geld hinterlassen hat, was wir vereinbart hatten. Ich habe ihr die Wahrheit gesagt und sie war über-rascht. Beim Abschied fragt sie mich, ob ich ihr weiße Wolle kaufen würde, weil sie et-was zum Zeitvertreib stricken möchte.

Ich bin ein bisschen müde vom Laufen, aber ich muss etwas für das Abendessen vorbereiten. Vom Mittagessen war nichts mehr übrig. Ich wollte Pfannkuchen mit Marmelade machen und schaue im Kühlschrank nach Eiern. Keine da, Davor hat Hunger gehabt und hat sich Spiegeleier gemacht.

Ich schicke Darko zu Nona, damit sie uns mindestens ein Ei leiht. Er kommt mit Eiern und ich schaue in die Mehlkiste und das Mehl ist auch am Ende, und Zucker ist auch nicht genug da. Diesmal gehe ich zu Nona und sie lacht und fragt, ob ich noch etwas brauche.

"Nein danke, jetzt habe ich alles, Darko bekommt morgen seinen Lohn, und wir gehen einkaufen und ich gebe ihnen alles zurück." „Gott bewahre, dass du es zurückgibst", sagt Nona zu mir, und ich lade sie zum Pfannkuchen ein.

Da meine Schwiegermutter weiter im Krankenhaus bleiben musste, habe ich ihr unseren Dezember-Anteil fürs Essen nicht gegeben. Ich kaufte Strickwolle und brachte sie ihr zusammen mit einem Brief, der von Ellie angekommen war. Sie las ihn und erzählte mir fröhlich, dass Siegfried den Leiter der anderen Firma getroffen hat, der ihm gesagt habe, dass er die Papiere für

Darko an das jugoslawische Konsulat geschickt hat, und sie würden sich mit Darko in Verbindung setzen.

Ich vermutete, worüber Elli schrieb, und war darauf vorbereitet, aber ich hätte nicht gedacht, dass es mich noch einmal so hart treffen würde. Ich fühlte mich elend, unglücklich und traurig und es war mir nicht klar, wie sich meine Schwiegermutter so sehr darauf freuen konnte, dass ihr Kind in ein fremdes Land geht und Frau und Kind alleine lässt? Ich konnte ihre Freude und ihr Glück nicht verstehen. Abends sage ich zu Darko:

*"Na, das wird was mit deiner Abreise nach Deutschland."* **"Warum denkst du, dass etwas wird?"**

Ich erzählte ihm von dem Brief und wie sehr sich seine Mutter darauf freute. Er hat mir nicht geantwortet. Ich litt immer noch und fürchtete mich vor der Zukunft, aber ich hatte niemanden, der mich tröstete. Für Darko war das alles nicht ernst und er wollte nicht mehr darüber reden. Einziger Trost war das kleine Geschöpf, das sich ständig mit einem Stupser meldete und mit dem ich über meine Sorgen und Zukunftsängste spreche.

Eines Tages in einem Gespräch mit Gino fragt er mich, ob ich einen Namen für das Kind gewählt habe. Ich dachte darüber nach, aber ich habe mich noch nicht entschieden, es hat Zeit, lass es zuerst lebendig und gesund geboren werden. Er mag Christian und Claudia und wenn er heiratet und Kinder bekommt, wird er ihnen diese Namen geben. Ich mag Christian, das könnte ins Spiel kommen. Seltsam, ich dachte nur an männliche Namen.

Nona Sofija überraschte mich: „Für mein erstes Urenkelkind, du kannst das schon waschen, ich kaufe dir noch mehr, es ist noch Zeit." Sie gibt mir ein Päckchen Windeln und zwei Unterhemden. Ich war gerührt von ihrer Beachtung und Fürsorge für mich. Wenn sie mich sieht, fragt sie mich immer, wie es mir geht und ich sollte auf mich aufpassen.

Mitte Dezember kam die Schwiegermutter nur für das Wochenende nach Hause. Für

Sonntag bereite ich das Mittagessen, Frikadellen, Spinat, Bratkartoffeln und natürlich Suppe.

Meine Schwiegermutter mischt sich nicht in meine Arbeit ein, sie wird kochen, wenn sie aus dem Krankenhaus entlassen wird. Jemand klingelt, die Tür ist nicht verschlossen, warum kommt er nicht rein.

Ich öffne die Tür und bin sprachlos, meine Mama steht mit einer großen Reisetasche vor der Tür. Sie überraschte mich mit ihrer Ankunft und erfreute mich. Sie brachte eine Tasche voller Anziehsachen für ihr erstes Enkelkind.

„Mama, das ist viel, was du gekauft hast."
"Es ist nicht viel, als du geboren wurdest, hatte ich nicht einmal Geld für Brot, geschweige denn Windeln, ich habe sie aus alten Laken gemacht, also genieße ich es jetzt einzukaufen."

Als ob sie wüsste, dass wir kein Geld zum Kaufen haben, denn sie kaufte alles, was man für den Anfang brauchte. In Darkos Firma gibt es keine Überstunden und das

Gehalt ist auch gering, uns bleibt nichts übrig, um Babysachen zu kaufen.

Meine Schwiegermutter lobt das Mittagessen, und ich hatte solche Angst, dass mein Mittagessen misslingt. Mama ist bis Montag geblieben, also habe ich ihr von meinen Sorgen erzählt, dass Darko vorhat nach Deutschland zu gehen.

Sie war auch überrascht und versuchte mich zu trösten. Ihre tröstenden Worte waren gut, konnten mir aber nicht die Angst vor der Zukunft nehmen, die sich in mein Herz geschlichen hatte.

Beim Abschied drückte sie mir etwas in die Hand und sagt: „Ich würde mich freuen, wenn ihr Silvester kommt, das ist für den Zug." Ich war sprachlos als sie kam, ich war sprachlos als sie ging, mit Tränen in den Augen und Trauer im Herzen.

20. Dezember 1971. Meine Schwiegereltern feiern SILBERNE HOCHZEIT, aber es gab kein großes Fest, sondern nur ein Mittagessen für die ganze Familie. Ihr Mann schenkte ihr eine schöne weiße Bluse, die

Tante Nada für ihn gekauft hat, weil er nichts vom Einkaufen versteht.

Darko und ich schenken ihnen ein Set Teller für sechs Personen. Sie freuten sich über das Geschenk. Sie überraschen uns mit der Nachricht, dass sie planen, die Wohnung zu verkaufen, um zwei Kleinere zu kaufen, eine für sie und Davor und eine für uns. Sie haben bereits einen Kaufinteressenten für ihre Wohnung.

In diesem Moment wusste ich nicht, was ich davon halten sollte. Darko wartet auf die Papiere für Deutschland, und sie wollen uns eine Wohnung kaufen? Später denke ich darüber nach, es wäre nicht schlecht, wenn es passieren würde, vielleicht würde Darko dann nicht nach Deutschland gehen. Ich träume davon, zwei Zimmer und eine Küche würden uns reichen, vielleicht geht doch alles gut aus.

Ich habe mich mit Freude vorbereitet an Silvester in Zagreb zu sein, es wird geschlachtet, eine wahre Freude für meinen Mann. Mein Bruder arbeitet noch in Opatija und wir fahren gemeinsam mit dem Nachmittags-Express-Zug nach Zagreb, der auch ein Zug-Restaurant hat.

Ein älteres Ehepaar sitzt bei uns im Abteil. Meine Männer haben Durst, sie gehen ins Restaurant auf einen Drink und fragen mich, ob ich mitkomme. Ich hatte keinen Durst und sie kamen schnell zurück. Auf halber Strecke in Moravice, der Zug steht etwas länger, weil sie die Lokomotive wechseln. Vida und Darko haben wieder Durst und gehen ins Restaurant und ich sehe sie nicht mehr bis Zagreb.

Ich habe Rückenschmerzen und bin ein bisschen unruhig. Die Dame beobachtet mich, sie scheint zu merken, dass es mir nicht gut geht, denn sie fragt mich, ob ich so lange sitzen kann, ob ich etwas brauche, ob es mir gut geht. Meine Antwort war wie immer - mir geht es gut, alles ist in Ordnung.

Wir nähern uns Zagreb und die Dame sagt zu mir: „Wie können Ihr Mann und Ihr Bruder Sie die ganze Zeit alleine lassen, sie könnten zumindest kommen und sehen, wie es Ihnen geht, und Sie fragen, ob Sie etwas brauchen." Ja, das könnten sie, denke ich mir auch.

Als der Zug in Zagreb hielt, erschienen plötzlich mein Mann und mein Bruder, sie haben sich in ein Gespräch mit dem Schaffner und einem Fahrgast vertieft, und merkten nicht einmal, wie schnell die Zeit verging. Es schien ein wirklich sehr interessantes Gespräch zu sein, bei dem sie mich sogar irgendwie vergessen haben.

Aufgrund des Stromausfalls begrüßten wir diesmal das neue Jahr 1972 romantisch mit Kerzen, Gesprächen und Liedern. Diese paar Tage in meinem bescheidenen Haus, ohne Bad und Toilette, waren für mich eine wahre Freude. Ich fühlte mich nicht allein.

Verwandte, Nachbarn und Freunde kamen, um zu sehen, wie es mir ging, sie vergaßen mich nicht. Die Fürsorge und Aufmerksamkeit dieser Menschen war wahrer Balsam für meine Seele.

Der Abschied war diesmal schwer, es flossen viele Tränen, aber mein Mann tröstet mich mit seinen Worten und Umarmungen.

Meine Liebe zu ihm bringt mich zurück in die Realität, denn mein Platz ist bei ihm, wir müssen Abschied nehmen und gehen.

Mama hat für uns eine Tasche mit „etwas" Fleisch vorbereitet. Als wir anfingen, dieses „etwas" Fleisch aus der Tasche herauszunehmen, hörte es nie auf.

Der Tisch war schnell mit Schmalz und Grieben, Blutwürsten, Rippchen, Schnitzeln und Koteletts gefüllt. Die Schwiegermutter fragte mich: „Wer will das alles essen?"

"Wir sind viele im Haus". Am Tag danach erzählte sie mir, dass sie mit dem Metzger gesprochen hatte und sie vereinbarten, dass er das Fleisch wiegen und verkaufen würde und sie jeden Tag etwas anderes kaufen könnte, bis der Preis ausgeglichen wäre.

Ich war ein bisschen, ich würde sagen geschockt. Na ja, unsere Gefrierschublade ist nicht groß, aber es würde alles hineinpassen. Meine Mutter dachte an ihren Sohn, während sie das packte, dass ich ihn zum Mittagessen einladen könnte auf hausgemachte Würstchen oder Steaks, aber nein, es gibt keine Hausgemachten.

Darko bereitet sich darauf vor, ein Kinderbett für unser Kind zu bauen. Auf die Idee kam die Schwiegermutter. Er hat einen Entwurf gemacht, es wird ein richtiges kleines Bett, damit er darin schlafen kann, auch wenn er ein bisschen größer geworden ist.

In der Firma, in der er arbeitet, beschafft er Holz und beginnt langsam mit der Arbeit. Wir haben keinen Keller und er muss alles in der Küche machen, und Schwiegermutter klagt, weil alles voller Staub ist, aber das war ihre Idee.

Die Matratze wird von Rudo-Mopa hergestellt. Er gab uns eine Liste mit allem, was wir kaufen mussten. Außerdem müssen wir in unserem Zimmer einen Ölofen anschaffen.

Dafür haben wir das Geld nicht, also denke ich über einen Kredit nach, denn in zwei Monaten ist es unmöglich, so viel zu sparen, um alles zu kaufen. Ich sagte zu Darko, dass ich über einen Kredit nachgedacht habe, und wie er darüber denkt. Er ist nicht für Kredit, wir können vielleicht etwas sparen und wenn seine Eltern die Wohnung verkaufen, müssen wir einen Kredit für Möbel aufnehmen.

Über den Verkauf der Wohnung wird nicht mehr gesprochen, und ich glaube, es wird nicht dazu kommen. Warten darauf war für mich unverständlich, aber ich traute mich nicht mehr, dazu etwas zu sagen.

Drei Tage später räume ich unser Zimmer auf, öffnete die Nachttischschublade und sehe ein paar Papiere darin. Ich schaue sie mir an und glaube es nicht, das sind die Formulare, um einen Kredit aufzunehmen. Was bedeutet das jetzt?

Ich frage Darko, weil er mir nichts darüber sagt, wessen Papiere es sind und was es bedeutet. Er sprach mit seiner Mutter und sie sagte ihm, es sei sowieso am besten einen Kredit aufzunehmen.

Nun ist das okay, aber als ich es vorschlug, kam ein Kredit nicht infrage.

Was soll ich davon halten, ich dachte, es ist eine Sache von Mann und Frau, dass wir beide uns erstmal einig sind, und dann lass ihn Mama fragen, was sie davon hält, ich habe nichts dagegen. Wie kann ich mich in diesem Haus wohl und begehrenswert fühlen, wenn ich von allen Vereinbarungen über irgendetwas ausgeschlossen bin, nicht nur von meinen Schwiegereltern, sondern sogar von meinem Mann?

Was bin ich in diesem Haus, frage ich mich oft? Ein Eindringling und kein Familienmitglied. Durch ihr Verhalten mir gegenüber gaben sie mir das Gefühl, dass ich nur jemand für sie bin, jemand, der noch nicht weiß, was das Leben ist, jemand, der sich noch nicht bewusst ist, dass er irgendwelche Entscheidungen im Leben trifft, aber eine Chance zu lernen, was Leben ist, zu lernen ihr Leben zu leben, haben sie mir nicht gegeben.

Frag nicht - sei still, keine Einwände - leide, ist ein fester Bestandteil meines Lebens geworden. Das einzige Licht und die Hoffnung auf bessere Tage, war das kleine Wesen, das ich unter meinem Herzen trug.

Mit seiner „unruhigen" Präsenz hat er mir die Kraft und den Mut gegeben, das alles zu ertragen. Als ich traurig war und mich allein fühlte, boxte er mich, als würde er mir eine Nachricht senden - Mama, du bist nicht allein, sei nicht traurig, du hast mich, ich brauche dich -.

Darko hat einen Kredit bekommen und wir kauften einen Ölofen, und alles, was wir für die Matratze brauchten. Den Rest gaben wir der Schwiegermutter, es war das doppelte Kostgeld. Wir hatten das Gefühl, dass sie mehr Kosten haben würde, wenn das Baby geboren wird, und Verwandte kommen, um das Neugeborene zu sehen. Meine Mutter wollte auch kommen, wie sie sagte, um mir in der ersten Zeit zu helfen, und um ihr erstes Enkelkind zu sehen.

Das Kinderbett war fertig, es musste nur noch lackiert werden. Ein wunderschönes Bettchen ist es geworden.

18. Februar. Abends wurde ich unruhig und machte mich bettfertig. Ich schlief unruhig ein, aber ich schlief nicht lange, als ich von einem seltsamen Schmerz in mei-

nem Rücken geweckt wurde. Als ich mich im Bett hin und her wälze, wacht Darko auf und fragt, was passiert ist.

*„Mein Rücken schmerzt."* **„Soll ich Mama aufwecken?"** *„Nein, nicht, es geht vorbei, so war es letzte Nacht auch."*

Es ist nicht vorbei, der Schmerz kommt wieder. Ich sehe die Angst in Darkos Augen. Er steht auf und sagt, er muss zur Toilette. Er kehrt mit der Mutter zurück, die er aufgeweckt hat. Sie fragte mich, wo der Schmerz ist und wie lange der Schmerz anhält. Als ich ihr das erkläre, kommt der Schmerz wieder.

„Es sind Wehen, lass uns ins Krankenhaus gehen." Die Tasche fürs Krankenhaus lag bereit. Darko ist nervös, er geht zu Borisić, um den Autoschlüssel zu holen. Wir sind bereit und gegen Mitternacht sind wir ins Krankenhaus gefahren. Wir haben uns für das Krankenhaus in Sušak in Rijeka entschieden. Die verschlafene Nachtschwester empfing uns und fragte, wann die Schmerzen begonnen hätten und in welchen Abständen.

Sie sagte zu Darko und zur Schwiegermutter, sie sollen warten, bis ich mich umziehe und die Garderobe mitnehmen und erst morgen früh anrufen, weil es noch dauern wird.

Sie brachte mich auf die Station und übergab mich einer anderen Krankenschwester, die mich in das Zimmer zum Bett brachte, ohne das Licht anzumachen, und sagte mir: „Wenn Sie das Gefühl haben, dass Fruchtwasser ausläuft, wecken Sie mich. Ich bin im Nebenzimmer."

Soweit ich im Dunkeln sehen konnte, waren es acht Betten. Schlafen konnte ich nicht, die Wehen treten in sehr kurzen Intervallen auf. Die Nacht war lang und schließlich tauchte die Krankenschwester auf, machte wieder kein Licht und brachte mich zur Untersuchung zum Arzt.

"Es wird nicht lange dauern, ich werde ihnen die Fruchtblase punktieren", sagt mir der Arzt und ruft die Krankenschwester, die mich in den Kreißsaal bringt. Ich war die einzige Patientin, und endlich eine nette Krankenschwester, die mir erklärt, wie ich atmen und pressen muss, wenn die Wehen auftreten.

Ich schaue auf die Uhr, die an der Wand hängt, die Uhr zeigt 6.30 Uhr. Die Zeit scheint still zu stehen, die Zeiger bewegen sich langsam, 7.00 Uhr, 7.30 Uhr, 8.00 Uhr, 8.30 Uhr.

Meine Kraft zum Atmen und Pressen verlässt mich langsam und die liebe Schwester, die Hebamme, ist immer noch bei mir. Sie rief den Arzt an, weil es ihr zu lange dauert. Der Arzt gibt mir eine Spritze, um die Wehen zu intensivieren und tröstet mich mit Worten: „Noch ein bisschen und es ist vorbei."

Um 9.00 Uhr kommt eine neue Patientin und aus dem Gespräch mit der Hebamme höre ich, dass ihre Wehen um 7.00 Uhr morgens eingesetzt haben, und das ist ihr zweites Kind.

„Sie wissen ja, wie es ist, ich bin bei Frau Pošćić, wenn sie merken, dass Fruchtwasser ausläuft, sagen sie es mir", sagte die Schwester zu ihr.

Sie ist wieder bei mir und hilft mir so gut sie kann, aber nichts passiert. Die Schwester geht zu der anderen Patientin und sagt zu ihr: „Warum sagen Sie nichts, der Kopf des Kindes ist schon zu sehen. Pressen, pressen, hier ist es", sagt die Krankenschwester und schon ist das Weinen des Kindes um 9.20 Uhr zu hören.

Die erste Frage der Patientin: „Ist es ein Junge?" „Ja, es ist ein Junge!" „Gott sei Dank, dass es ein Junge ist, wir haben eine Tochter von 18 Monaten und mein Mann wollte einen Sohn, jetzt wird er zufrieden sein."

Ich schaue auf die Uhr, 9.25 Uhr, um 9 Uhr ist sie gekommen, hat schon geboren, und ich kämpfe die ganze Nacht. Überrascht hat mich ihre Frage, - ist es ein Junge? -, ist ihr das Geschlecht des Kindes wichtiger und nicht, ob alles in Ordnung ist? Die Hebamme ist bei mir und die Wehen kommen, „Pressen, pressen so viel wie du kannst, der Kopf ist schon sichtbar." Die andere Krankenschwester kommt zu Hilfe, und drückt sanft auf meinen Bauch, „da ist es." Ich höre das Baby nicht weinen, Angst durchzieht meinen Körper, ich hebe den

Kopf, um zu sehen, was los ist. Die Hebamme hält das kleine Wesen mit einer Hand an den Beinen in die Luft und klopft ihm mit der anderen auf den Rücken, schließlich ertönt der leise Schrei meines Kindes, Gott sei Dank es lebt.

Das Telefon klingelt: „Ja, Frau Pošćić hat gerade einen Sohn geboren, alles ist in Ordnung."

„Sie haben einen Sohn, alles ist in Ordnung, wir hätten Sie fast vergessen in der Hektik", sagte die Hebamme und gibt mir mein Kind, meinen Sohn in die Arme. Das Glück und die Freude, die ich empfand, als ich das erste Mal mein Kind in den Armen hielt, kann ich nicht beschreiben, unbeschreibliches Glück, ein unvergessliches Erlebnis, das ich weder vergessen kann, noch will.

Die schlaflose Nacht ist vergessen, alle Schmerzen sind vergessen, ich beobachte meinen Sohn, ich streichele sein sanftes Gesicht, Kinn mit der Falte und die hohe Stirn, die er von seinem Vater geerbt hat. Ich sehe dieses kleine Wesen an, mein Kind, und denke,

**19. Februar 1972,**
**ein sonniger Samstag, um 9.35 Uhr hat**
**mein Kind das Licht der Welt erblickt.**

**EIN KIND - WAS IST DAS?**

**Das ist Liebe, Liebe, die lebendig wurde.**
**Es ist Glück,**
    **wofür ich keine Worte habe.**
    **Es ist eine kleine Hand,**
    **die wir in die Welt führen,**
    **die wir fast vergessen haben.**

Das Telefon klingelt erneut und diesmal erklärt die Schwester etwas mehr: „Ja, Frau Pošćić hat einen Sohn geboren, er wiegt 3550 Gramm und ist 51 cm lang. Auf Wiedersehen."

„Es war Ihr Schwiegervater, seine Sekretärin hat vorher angerufen, Grüße und alles Gute für Sie und Ihr Kind", sagte mir die Schwester, nimmt das Kind aus meinen Armen und spricht ihn sanft an:

„Du warst genug bei Deiner Mutter, Sie muss sich ausruhen, es war hart, Du hast sie und uns genug gequält. Sie müssen zum

Nähen, weil ich Sie schneiden musste." Ich habe es nicht gespürt, aber das Nähen ohne Betäubungsspritze war unangenehmer als die Geburt selbst.

Noch im Kreißsaal kommt eine Krankenschwester zu mir und fragt mich nach dem Namen des Kindes. Alle Namen, die ich gewählt und in Betracht gezogen habe, waren wie vom Winde verweht, ich konnte mich zwischen so vielen Namen einfach nicht entscheiden und ich sage ihr: „Ich bin unschlüssig." „Es sei nicht dringend, ich komme nächste Woche", sagte Sie.

Nach dem Nähen fährt mich die Schwester samt Bett ins Zimmer. Das Zimmer ist nicht sehr groß, voller Betten, ich zähle, 7 Betten, 7 Nachttische und ein Tisch in einer Ecke voller Blumenvasen, das war alles. Am Nachmittag kommt eine Schwester mit einem Blumenstrauß zu mir:

„Die Blumen sind von Ihrem Mann und viele Grüße von ihm und Ihrem Bruder."

Besuche sind nicht erlaubt, ebenso Blumen auf dem Nachttisch, die Krankenschwester stellt sie in eine Vase auf den Tisch, der schon voller Blumen ist.

Am Sonntag kommen Darko, Schwiegermutter und mein Bruder, aber Besuch ist nicht erlaubt, nur ein Gespräch vom Balkon aus dem zweiten Stock. Sie sagen mir oder schreien vielmehr, dass sie unseren Sohn gesehen haben, weil mein Bruder der Schwester ein Trinkgeld gegeben hat und sie mit dem Kind im Fahrstuhl heruntergekommen ist. Die Fahrstuhltür öffnet sich, die drei stehen vor der Tür und schauen sich das kleine Wesen an und die Aufzugstür schließt sich bereits. Sie bemerkten nur eine Falte in seinem Kinn, mehr konnten sie nicht sehen.

Alle drei Stunden bringt die Krankenschwester die Kinder zum Stillen zu den Müttern. Abends frage ich die Schwester, wann ich mein Kind bekomme: „Morgen früh." Ich konnte vor Ungeduld die ganze Nacht nicht schlafen.

Der Morgen dämmert, endlich kommt eine Krankenschwester mit einem Wagen ins Zimmer, auf dem die Babys nebeneinander liegen. Sie teilt die Kinder nach deren Müttern, nimmt ein Baby und geht zu mir ans Bett. Noch bevor sie zu mir kam, sagte ich ihr: „Das ist nicht mein Kind".

Sie schaute auf die Nummer, die dem Kind an den Arm gebunden war und sagte, ich hätte Recht, denn es sei das Kind von Frau X ...., die neben mir im Bett liege. Ich brauchte keine Nummer, mein Kind würde ich unter tausend anderen Kindern erkennen. Sein sanftes Gesicht mit einer Falte im Kinn war ständig vor meinen Augen, obwohl ich ihn nur kurz sah. Die Krankenschwester schaute noch auf die Nummer, die an meiner Hand befestigt war. Diesmal waren die Zahlen gleich.

Die Schwester erklärt mir, wie ich ihn halten und stillen soll. Er war hungrig und zog mit aller Kraft, aber er wurde schnell müde und schlief ein. Indem ich dieses sanfte und süße Gesicht berühre, wecke ich ihn auf, damit er nicht hungrig bleibt. Er hat genug, er greift mit seinen Händchen nach meinem Finger und lässt nicht los. Ich lehne mein Gesicht an seines und denke noch einmal an mein Glück. Ich glaube, es gibt keine Worte, um dieses Glücksgefühl zu umschreiben, das eine Mutter erlebt und fühlt, wenn sie ihr Kind in den Armen hält, ein Kind der aufrichtigen Liebe.

Eine Krankenschwester kommt und nimmt ihn aus meinen Armen und seine Hand lässt meinen Finger nicht los. „Fürchte dich nicht mein Sonnenschein, in drei Stunden bist du wieder bei mir." Als hätte er verstanden, was ich sagte, ließ er meinen Finger los, runzelte ein wenig die Stirn, als die Schwester ihn mitnahm und ihn nicht bei seiner Mutter schlafen ließ.

Ich lege mich hin und denke über Namen nach. Zwei Patientinnen neben mir unterhalten sich über einen Film mit Robert Michum in der Hauptrolle. Wir haben uns diesen Film auch angesehen, ein guter Film und Robert ein wirklich guter Schauspieler. In diesem Moment kommt die Krankenschwester auf mich zu und sagt mir, dass ich ihr den Namen des Kindes noch nicht genannt habe.

**„ROBERT"** das kommt, wie aus der Pistole geschossen, weil ich die Bilder aus dem

Film und dem Schauspieler Robert vor meinen Augen habe, und Robert, Robert Pošćić klingt nicht schlecht.

„Okay, sie müssen ihn bei der Gemeinde anmelden und sie können später den Namen ändern, wenn sie sich für einen anderen entscheiden."

Am Dienstagnachmittag sagt mir die Schwester, dass mein Mann unten an der Pforte auf mich wartet. Ich war glücklich als Darko mich umarmte und küsste, und wir über alles reden konnten. Ich frage ihn, ob ihm ein anderer Name einfällt, er findet Robert gut, lass es so bleiben.

Ich hoffe, dass ich am Donnerstag entlassen werde, morgen bei der Visite werde ich es genau wissen.

Am Mittwoch kam Darko mit meinem Bruder. Ich komme runter und als er mich sah, fragte er sofort, ob alles in Ordnung sei, weil er merkte, dass ich traurig war.

Heute war Visite und der Arzt sagt mir, dass ich morgen nicht nach Hause kann, weil der Kinderarzt das Baby morgen untersuchen muss, also kann ich erst am Freitag nach Hause.

Am Donnerstag habe ich mit dem Arzt gesprochen der Robert untersucht hat, und er sagte mir, dass etwas mit der Hüfte nicht stimmt, ich soll mir keine Sorgen machen, und sofort mit ihm ins Kinderkrankenhaus nach Kantrida fahren, damit er wahrscheinlich Hüftgurte bekommt. Die Nachricht traf mich, ich weine und niemand ist da, der mich tröstete. Darko kommt erst nachmittags an und ist von den Neuigkeiten auch betroffen.

Darko hat sich wieder ein Auto von Boris geliehen und kam am Freitag mit seiner Mutter, um mich abzuholen. Die Schwiegermutter nahm Robert aus den Händen der Schwester, Darko nahm die Tasche, und zuerst betrachteten beide das kleine Wesen, der Vater seinen Sohn und die Großmutter ihren Enkel.

Er fing an, die Stirn zu runzeln, er war es leid, er hatte es eilig nach Hause zu kommen. Während der Fahrt fing er an zu weinen und hörte auch nicht auf, als wir nach Hause kamen.

Darko geht in die Apotheke, um einen Schnuller zu kaufen, vielleicht beruhigt ihn das etwas, weil es noch nicht Zeit zum Essen war. Der Schnuller hat ihn nicht beruhigt und meine Schwiegermutter sagt, ich solle versuchen ihn zu füttern, vielleicht hat er ja doch Hunger. Ich lege ihn auf meine Brust, das Weinen hört auf und er zieht mit aller Kraft. So satt schlief er sofort ein.

Im Krankenhaus wurde mir gesagt, ich solle ihn tagsüber und nachts alle drei Stunden füttern. Drei Stunden sind vergangen und er schläft noch, ich fragte meine Schwiegermutter, ob ich ihn wecken soll oder nicht. „Lass ihn schlafen, wenn er Hunger hat, wacht er alleine auf." So war es, er hat fünf Stunden geschlafen.

Ich muss ihn noch baden und meine Schwiegermutter kommt mir zu Hilfe. Darko schaut von der Seite zu und Robert genießt das Wasser. Es war bereits 21.00 Uhr als wir mit dem Baden fertig waren, ich habe ihn gefüttert und er schläft schon.

Wir machen uns auch bettfertig, weil wir nicht wissen, was uns diese Nacht erwartet. Schwaches Weinen weckte mich, ich machte Licht an und schaute auf die Uhr 4.00 Uhr. So lange hat er geschlafen, ich fütterte ihn und er schlief sofort ein und schlief bis 8.00 Uhr. Nach drei Wochen schläft er die Nacht durch.

Am Sonntag kam seine Oma (meine Mutti) aus Zagreb an, und brachte wieder viel zu essen und für Robert wunderbare Kleidung. Bei uns in Zagreb ist es üblich, einem Neugeborenen etwas Geld unter den Kopf zu legen, wenn sie ihn zum ersten Mal besuchen, es soll ihm Glück bringen, und die Großmutter war wieder unübertroffen. Werde ich es ihr, irgendwann, gut machen können?

Am Montag gingen wir mit Robert zu dieser Untersuchung ins Krankenhaus. Nach der Untersuchung sagt uns der Arzt, dass er schwach entwickelte Hüften hat, wir sollen uns keine Sorgen machen, es ist nichts Schlimmes. Sie dürfen erst nach zwei Monaten eine Röntgen-Aufnahme machen und bis dahin werden sie ihm Hüftrichtschienen anlegen, er ist noch zu klein für die Gürtel. Die Krankenschwester hat diese Schienen gebracht, und ich sehe sie mir an, zwei 5 cm breite Flacheisenschienen, in der Mitte als x verbunden, mit Leder überzogen.

Sie legt sie auf den Tisch und der Arzt nimmt Robert und legt ihn nackt in die Mitte dieser Schienen, die Krankenschwester spreizt seine Beine und der Arzt biegt diese Schienen um seine Beine. Er biegt die Oberseite um seine Schultern nach vorne, und sagt zu mir, wir sollen in zwei Wochen zur Kontrolle kommen, ihn nicht baden, nur abwaschen und am Tag vor der Kontrolle die Schienen abnehmen und ihn baden.

Mein Herz schmerzte vor Trauer, als ich ihn mit gespreizten Beinchen und einem Weinen auf diesen Schienen beobachtete und ich ihm nicht helfen konnte.

Er hat den ganzen Weg nach Hause geweint, er hat den ganzen Nachmittag geweint, erst als wir ihn auf dem Arm trugen, hat er sich etwas beruhigt.

Oma trägt ihn auf dem Arm, damit er nicht so viel weint, und meine Schwiegermutter findet das nicht gut, und sagte zu ihr, sie sollte ihn nicht die ganze Zeit tragen, weil er sich daran gewönnen wird, und wer soll ihn tragen, wenn sie weg ist.

Bevor Mutti etwas sagen kann, sagte ich zur Schwiegermutter. „Ich werde ihn tragen, und, keine Angst sie müssen ihn nicht tragen, und du Mutter trägst du ihn weiter, damit er nicht weint, und keinen Bruch im Bauch bekommt."

Abends nahm ihn meine Mutter mit auf ihr Zimmer und trug ihn fast die ganze Nacht in ihren Armen. Da das Weinen morgens nicht aufhört, sagt uns die Schwiegermutter, wir sollen zum Arzt gehen, vielleicht schmerzt ihn etwas anderes. Nach der Untersuchung sagt der Arzt, dass alles in Ordnung ist, er weint wegen dieser Schienen, weil es ihn stört, und wir sollten ihn ruhig tragen, damit er nicht weint.

Auf dem Heimweg schlief Robert ein und als wir nach Hause kamen legte ich ihn gleich ins Bettchen und wartete, dass er anfing zu weinen, aber er schlief weiter. Er schlief lange und wachte mit einem leisen Schrei auf. Ich füttere ihn, legte ihn ins Bettchen und er schlief sofort, ohne zu weinen ein. Wir mussten ihn nicht mehr tragen damit er nicht weinte, und er gewöhnte sich nicht daran immer getragen zu werden.

Mein Herz schmerzte jedes Mal vor Trauer, wenn ich ihn mit gespreizten Beinen auf diesen Schienen sah, aber die Hoffnung, dass danach alles gut werden würde, linderte meinen Schmerz. Der Anblick dieses kleinen hilflosen Wesens, das all dies tapfer und ohne zu weinen erträgt, erweckte in mir ein Gefühl der Hilflosigkeit. Ich wollte ihm helfen, diese Qualen auf mich nehmen, aber ich erkannte, dass es unmöglich war.

Nachmittags liege ich im Bett, Robert schläft und Mama sitzt im Sessel und wir unterhalten uns. Meine Schwiegermutter kommt herein und als sie mich liegen sieht, sagt sie zu mir:

„Na ja, Geburt ist keine Krankheit, dass man im Bett liegen muss." Und bevor ich etwas sagen konnte, antwortete meine Mutter ihr schon:

„Es ist keine Krankheit, aber während ich hier bin, soll sie sich einfach hinlegen und ausruhen, ich bin hier, um ihr zu helfen. Wenn meine Mutter sich nach der Geburt hätte hinlegen können, wäre ich heute nicht ohne Mutter. In der zweiten Lebenswoche habe ich sie verloren, daher weiß ich sehr gut, wie es ist, ohne Mutter aufzuwachsen."

Wenn ich nicht die Schmerzen vom Nähen beim Sitzen gehabt hätte, würde ich nicht liegen, sondern in einem Sessel sitzen. Mama war eine Woche bei uns und hat mich sehr unterstützt.

Die Schwiegereltern sprechen wieder über den Verkauf der Wohnung, sie haben einen Käufer und haben herausgefunden, dass zwei Wohnungen in der Villa Frank am Stupište Rupa zu verkaufen sind.

Sie haben Darko gefragt, ob er mit zur Besichtigung gehen würde. Sie kommen nach Hause und Darko ist begeistert. Es ist in der Tat ein ganzes Haus auf zwei Etagen, mit zwei Wohnungen und einem Dachboden, der für Davor eingerichtet werden könnte.

Die Kellerwohnung steht nicht zum Verkauf, hat aber einen separaten Eingang. Jede Wohnung besteht aus großem Schlafzimmer, Wohnzimmer und einer großen Küche, Speisekammer und Badezimmer. Wir könnten die Küche teilen, um ein Zimmer für Robert zu bekommen. Ein überdachter Balkon als Loggia mit Blick auf die Slatina. Darko beschrieb mir das Haus mit so viel Enthusiasmus, dass die Begeisterung auf mich übergriff.

Die Hoffnung begann in mir zu reifen, dass Darko in diesem Fall nicht nach Deutschland gehen würde. Meine Schwiegermutter fragt mich, ob ich das Grundstück in Zagreb, das mir meine Eltern geschenkt haben, verkaufen kann, weil sie für die Wohnung nicht so viel bekommt, wie das Haus kosten würde. Es ist kein Problem, das Land zu verkaufen, aber wir müssten trotzdem einen Kredit aufnehmen, um zu renovieren, alles kein Problem.

Mein Vater kam am 08. März, um sein erstes Enkelkind zu sehen, brachte wieder Klamotten zum Anziehen mit und unter seinen Kopf legte er das Geld. Ich lege dieses Geld und das, was er von meiner Mutter bekommen hat, beiseite, weil wir einen Kinderwagen kaufen mussten.

Ganz begeistert erzählte ich meinem Vater vom Verkauf der Wohnung und dem Kauf eines Hauses und er sagte mir, dass es keine Probleme gäbe, das Land zu verkaufen. Wir sprachen dann über Roberts Taufe, ich wollte, dass er getauft wird, und frage ihn, ob er den Pfarrer fragen würde, ob das möglich ist, obwohl wir nicht kirchlich getraut sind.

Einen Tag später sprach er mit dem Pfarrer, Taufe ist möglich, nur Robert wird in der Kirche meinen Mädchennamen tragen, aber wenn wir wollen, können wir zwei vorher heiraten, damit es keine Probleme gibt. Wenn wir damit einverstanden sind, sollen wir am nächsten Tag zu einem Vorstellungsgespräch kommen. Ich erzähle Darko davon, er war nicht gerade begeistert, aber er stimmte zu.

Das Gespräch mit dem Pfarrer verging schnell und wir vereinbarten für Freitag, den 12. März zu heiraten, und am Samstag, 20. März Robert zu taufen. Meine Schwiegermutter ist am 06. März nach Italien gefahren, um ihren Bruder zu besuchen, und bleibt bis zum 26. März.

Wir konnten ihr das nicht mitteilen und den Schwiegervater interessierte es sowieso nicht. Wir haben Davor und Silvija gebeten, unsere Trauzeugen zu sein und Silvija auch die Taufpatin von Darko, der vor der Hochzeit getauft werden musste.

Ich bat Nona Sofia, sich um ihren Urenkel zu kümmern und am Freitagabend fand im Beisein der Paten, meines Vaters und meines Bruders, unsere kirchliche Trauung statt. Ich war in diesem Moment überglücklich, mein größter Wunsch ging in Erfüllung, eine kirchliche Trauung.

Mein Vater ist am Sonntag abgereist und wir haben ihn gebeten, meinen Cousin Jurič und "Ž", seine Frau zu fragen, ob sie Roberts Paten werden möchten, und ich habe sie auch schriftlich gefragt.

Sie lassen uns wissen, dass sie das annehmen und mit dem Auto kommen. Meine Mutter schreibt mir, dass sie mitkommt und wie üblich alles zum Essen, sowie Kuchen und Getränke mitbringen würde, und wir nichts vorbereiten müssten. Es tat mir unendlich leid, dass wir meine Schwiegermutter nicht darüber informieren konnten, weil sie dann später denken würde, wir hätten das absichtlich gemacht, während sie weg war. Aber sie hat uns nicht einmal gefragt, ob wir Robert taufen wollen, es wäre schade eine solche Gelegenheit zu verpassen.

Der Samstag begann mit Sonnenschein. Mittags kamen meine Markuševčani mit Jasna, die sich sofort in Robert verliebte. Es war gut das Jurič ein größeres Auto hatte, ein Wartburg, denn in Fićo`s Auto hätte das alles nicht reingepasst, was sie mitgebracht haben.

Sie brachten auch Kuchen und Getränke mit, einen Kinderwagen, für Robert Klamotten zum Anziehen, eine Goldkette und Geld unter den Kopf. Ich war überrascht und sprachlos. Damit hatte ich nicht gerechnet, meine einzige Sorge war, dass mein Kind getauft wird, dass er es mir eines Tages vorwerfen könnte, wenn ich ihn nicht getauft habe.

Nach der Taufe haben wir bei uns zu Hause mit unseren Freunden einen kleinen Snack zubereitet. Mein Schwiegervater war den ganzen Tag nicht zu Hause und kam erst am späten Abend angetrunken und feierte mit, sang und hatte Spaß.

Leider hat er mir mit seinem Verhalten die Freude an der Feier verdorben. Plötzlich fing er an, meinen Bruder anzuschreien und ihn aus dem Haus zu jagen, dass er hier nichts zu suchen habe, weil er ein Säufer sei.

Mein Bruder arbeitete damals in Rijeka und meine Schwiegermutter bot ihm an, bei uns zu schlafen. Darko und Davor konnten ihren Vater kaum beruhigen und ich beruhigte meinen Bruder, der ins Hotel wollte.

Die anderen Gäste waren sprachlos, meine Mutter weinte, weil sie dachte, sie seien zu ihrer Tochter und ihrem Schwiegersohn gekommen und meinten, Verwandte, egal wie sie sind, dürfen mich besuchen. Ich wusste nicht, was ich ihr antworten sollte, weil sie recht hatte.

Es hat mich alles fürchterlich getroffen, die ganze Nacht haben meine Tränen mein Kissen durchtränkt. Wie soll ich mich nur in diesem Haus wohlfühlen, in dem mein Bruder aus dem Haus gejagt wird. Ich fühle mich elend, unerwünscht, aber ich möchte Darko nicht mit meinen Gefühlen belasten, es sind seine Eltern und ihre Wohnung.

Der Sonntag begann mit Sonnenschein. Wir haben den Schwiegervater nicht gesehen, weil er früh von zu Hause weggegangen ist. Niemand erwähnte den Ausbruch meines Schwiegervaters, aber ein Gefühl des Unbehagens lag in der Luft.

Nach dem Mittagessen sind meine Leute aus Markuševec abgereist, ich würde Robert gerne nehmen und mit ihnen gehen, aber ich kann meinen Mann nicht verlassen, den ich so sehr liebe, und ich kann mir ein Leben ohne ihn nicht vorstellen. Wegen

ihm und Robert muss ich stark und geduldig sein und auf bessere Tage hoffen.

Die Schwiegermutter kam aus Italien zurück und war überrascht, dass wir Robert
getauft haben. Ich habe ihr erklärt, wie es
dazu kam, dass wir es so schnell gemacht
haben, habe ihr aber nichts von dem Ausbruch ihres Mannes erzählt.

Ein paar Tage, bevor Darko seinen Lohn
bekommt, sagte mir meine Schwiegermutter, dass sie, bis Darko sein Gehalt bekommt, für uns kochen wird und dann sollte ich alleine für uns kochen.

Sie hat mir in der Speisekammer Platz für
meine Einkäufe gemacht, die Kosten für
Strom und Wasser werden wir teilen, und
Papa wird weiterhin Milch für Robert kaufen, und ich kann das zusammen mit dem
Strom und Wasser bezahlen. Ich war überrascht, aber nicht traurig darüber.

Mittagessen für die drei war fertig um eins,
und dann kochte ich für uns, und unser
Mittagessen war um drei, wenn Darko von
der Arbeit nach Hause kam.

Darkos Gehalt war nicht hoch, das Unternehmen hat nicht viel Arbeit, es gibt keine Überstunden, er hatte ein Gehalt von 120.000 Dinar. Ich erstellte eine Ausgabenliste, um zu sehen, wieviel Geld ich für Lebensmittel übrighabe.

120.000 Dinar reichen nicht für den ganzen Monat. Darko braucht 40.000 für den Bus nach Rijeka und Brunch, 10.000 für Milch, 25.000 für Strom und Wasser.

Ich habe noch 45.000 Dinar übrig, und da ich nichts in der Speisekammer habe, wird es schwierig für mich. Für den ersten großen Einkauf - Mehl, Zucker, Salz, Paprika, Pfeffer, Öl, Essig, Nudeln, Bohnen, Kartoffeln, Reis, Eier, Paniermehl, Margarine, Marmelade, Waschpulver und Geschirrspülmittel, Seife, Haarshampoo, Zahncreme, fürs Erste genug, und die Rechnung beträgt fast 30.000 Dinar.

Die restlichen 15.000 Dinar reichen nicht einmal für Brot und Fleisch für den ganzen Monat. Ich kaufe jeden zweiten Tag Brot und packe es in eine Plastiktüte für den nächsten Tag. Fleisch kaufe ich nach Bedarf und ich sage dem Metzger er soll mir 2 dünne Schnitzel schneiden, weil mein Mann keine dicken Schnitzel mag, macht 800 Dinar.

Er liebt Schnitzel und dünne sind gut zu panieren, man hat mehr auf dem Teller, und sie sind nicht so teuer. 200 g Gehacktes und jede Menge Brot darin und das Mittagessen ist gerettet.

Pommes-Frites mit einem Spiegelei waren auch gut. Maneštra-Bohnen mit Kartoffeln und Nudeln, ohne Wurst oder Speck, haben wir zwei Tage gegessen. Mein Frühstück war, ein Stück Brot mit Marmelade und eine Tasse Tee. Da wir spät zu Mittag gegessen haben, brauchten wir kein Abendessen.

Wir lebten sehr sparsam, gingen wegen Robert und der finanziellen Situation nicht aus. Ich habe gespart, aber ich konnte bis Ende des Monats nicht mit meinen Finanzen auskommen. Gut, dass mein Bruder zu der Zeit auf der Insel Krk arbeitete und uns übers Wochenende besuchte. Er lud uns zum Grillessen ins „Starina" ein.

Er sah in welcher Situation wir uns befanden, und bevor ich ihn bitten konnte uns etwas Geld zu leihen, gibt er mir einige Dinar und sagte zu mir: „Ich sehe, wie die Situation bei Dir ist, Du brauchst mir das nicht zurückgeben." Das vergisst man nie. Der zweite Monat war schon besser, da war noch etwas in der Speisekammer.

Darko ist viel im Segelclub, er repariert das Segelboot, trainiert zweimal Fußball und spielt am Sonntag. Er hat sein Hobby und ich habe meins, meinen Robert. Jeden Tag gehe ich mit ihm spazieren und schiebe stolz den Kinderwagen durch den Park.

Er ist ein braves Kind, er schläft die ganze Nacht, wir haben keine Probleme mit ihm, nur seine Hüften machen uns etwas Sorgen.

Er trug diese Schienen zwei Monate lang und die Röntgen-Aufnahme zeigte, dass die Hüften nicht ausgerenkt waren, nur nicht genug entwickelt, wir sollten ihn nicht zum Laufen zwingen, sondern er müsse von alleine anfangen zu laufen. Kontrolle findet in drei Monaten statt.

Der 1. Mai naht, der Tag der Arbeit, ich erhalte Post aus Zagreb und erkenne die Handschrift meiner Mutter. Ich öffne neugierig und die Überraschung war groß. Sie schickte uns etwas Geld für die Bahn, weil der 1. Mai ein Feiertag ist, Darko frei hat, und sie gerne ihren Enkel sehen möchte.

Wie viele Tränen habe ich vergossen, ich weiß, dass sie auch nicht viel hat, aber sie beschwert sich nie, sie arbeitet im Garten und verkauft das auf dem Markt.

Wir sind in Markuševec, die Freude nimmt kein Ende. Nachbarn, Verwandte, Freunde, jeden Tag ist das Haus voll und im Mittelpunkt steht mein Robert. Oma macht es Spaß, jeden Tag Windeln zu waschen, ihn zu füttern und für die ganze Familie zu kochen.

Im Gespräch erzählt sie mir, dass es seltsam für sie ist, dass meine Schwiegermutter zu mir gesagt hat, ich sollte für uns selbst kochen. Weihnachten, als sie bei uns war, hat sie ihr gesagt, dass ich noch nicht reif bin für meine Familie zu sorgen und zu kochen.

Sie hat es mir damals nicht gesagt, weil sie mich damit nicht belasten wollte. Gut, dass sie mir das jetzt gesagt hat. Ich werde meiner Schwiegermutter zeigen, dass ich reif genug bin, und sie in keiner Weise um Hilfe bitten, und dass ich lieber trockenes Brot essen würde und Wasser trinke, als sie um irgendetwas zu bitten.

Eine Woche verging schnell, die Rückkehr nach Opatija fiel mir nicht leicht. Ein paar Tränen flossen und meine Mutter drückte mir ein Bündel Geld in die Hand und sagte: "Das ist für Deine Sandalen."

Ich traf mich mit Darko nach der Arbeit in Rijeka, um Sandalen zu kaufen. Vielleicht bleibt noch etwas übrig für eine Handtasche. Die Auswahl an Sandalen war gut, aber keine die mir gefallen haben kann ich anziehen, zu eng. Endlich habe ich ein Paar gefunden, das mir gefiel und das ich tragen kann, aber der Preis gefällt mir nicht, zu teuer.

Wenn ich die kaufe, ist kein Geld mehr da für die Handtasche. Okay, auf eine Handtasche kann ich verzichten, aber auf Sandalen nicht, der Sommer kommt und die einzigen, die ich habe, sind mir etwas zu eng. Ich weiß nicht, warum meine Füße etwas stärker geworden sind.

Ich war glücklich, Sandalen gefunden zu haben, die mir passen. Zu Hause angekommen zeige ich sie fröhlich meiner Schwiegermutter. Ihr gefallen die Sandalen und sie fragte mich nach einer Handtasche.

Ich sage ihr, dass die Sandalen leider etwas zu teuer waren und der Monat noch lang ist bis zum nächsten Lohn, also muss die Tasche noch einen Monat warten. "Nun, du hättest dir die Handtasche doch kaufen sollen, irgendwie schaffst du es bis zum nächsten Monat."

Ich war überrascht über ihre Worte, weil ich von meinen Eltern es anders gelernt habe. Für Lebensmittel hat meine Mutter immer etwas Geld beiseitegelegt, und mit dem Rest kauften wir nur das, was wir unbedingt brauchten und nicht zu teuer war.

Nach Schwiegermutters Rückkehr aus Italien war keine Rede mehr davon, dass Darko nach Deutschland geht und von der Lösung des Wohnungsproblems auch nicht. Anfang Juni erhält Darko einen Brief vom Arbeitsamt in Rijeka, er soll sich dort melden wegen eventueller Arbeit in Deutschland. Ich kann das Gefühl, das ich in diesem Moment hatte, nicht beschreiben. Ein Gefühl aus Schmerz, Traurigkeit, Hilflosigkeit. Er wird uns trotzdem verlassen!

Am Arbeitsamt haben sie ihm gesagt, dass sie das Kündigungsschreiben des Arbeitgebers brauchen für den Arbeitsvertrag in Deutschland. Er war noch am Arbeiten und sollte in seiner Firma kündigen?

Oh, mein Gott, das auch noch, wovon werden wir dann leben? Für diesen Monat habe ich noch genug zum Leben und wie geht es weiter? Damals bekam man in Jugoslawien kein Arbeitslosengeld. Und während ich diese Zeilen schreibe, steigen mir Tränen in die Augen, als ich mich an diese Tage und die damals vergossenen Tränen erinnerte.

Ivo, Darkos Cousin, arbeitet als Kellner im Gasthaus Istranka neben unserem Haus.

Zwei Tage nach Darkos Entlassung aus der Firma, kommt Ivo während seiner Arbeitszeit zu uns, und sagte, dass sie dringend einen Barkeeper brauchen, und dachte, das wäre in unserer Situation etwas für mich.

Ich bedanke mich bei Ivo, ich würde gerne etwas tun, aber ich habe keine Erfahrung in dem Job, und ich habe ein kleines Kind. Wenn ich einen Babysitter bezahle, bleibt von meinem Lohn nichts übrig, und eine Kinderkrippe gab es damals noch nicht.

Meine Schwiegermutter, die bei unserem Gespräch anwesend war, sagt mir, dass sie sich um Robert kümmern wird, wenn es nur das einzige Problem wäre, und wir brauchten sie auch nicht bezahlen. Was für eine Umkehrung bei meiner Schwiegermutter.

Ich gehe mit Ivo zum Wirt und muss schon am nächsten Tag mit der Arbeit beginnen. Wir sind gerettet. Es war aber nicht nur ein Gasthaus, es war auch ein Restaurant mit Brunch am Morgen, Mittag- und Abendessen und abends auch noch draußen der Grill-Garten.

Meine Arbeitszeit war eine Woche von 6 bis 14 Uhr, und eine Woche nachmittags von 14 bis 22 Uhr, oder besser gesagt, solange Gäste da sind, das manchmal bis 24 Uhr. Jedes zweite Wochenende habe ich frei, und mein Lohn war 100.000 Dinar (200 DM), dazu Trinkgeld, morgens Brunch und nachmittags Mittagessen oder leichtes Abendessen, was für ein Vermögen. Lass Darko einfach nach Deutschland gehen, ich bleibe in Opatija oder Markuševec.

Als sich unsere finanzielle Situation etwas verbesserte, lud ich Ende Juli meine Mutter und Roberts Paten Jurič und Tuna, mit ihrer Tochter Jasna (Darkos große Liebe) für ein verlängertes Wochenende ein. Sie kamen Donnerstagnachmittag und blieben bis Sonntagnachmittag. Meine Mutter hat die drei Tage bei uns geschlafen und die Paten, eine Etage tiefer, bei Darkos Oma. Gefrühstückt haben wir zusammen bei uns. Abendessen gab es in der Istranka, da ich gerade Mittagsschicht hatte. Nach dem Frühstück gingen die Paten mit Darko an den Strand, nur Jasna und meine Mutter blieben zu Hause, um so viel wie möglich bei Robert zu sein.

Es war 13 Uhr Samstag, Robert schläft, ich habe eine Stunde Zeit und schlage meiner Mutter und Jasna vor, zum Strand zu gehen, um unseren Schwimmern etwas Obst und kalten Saft zu bringen. Die Überraschung war gelungen. Jasna und ich sind sofort zurückgekehrt doch meine Mutter sollte noch bleiben, und um 14 Uhr zurückkommen, wenn ich arbeiten gehe.

Gleich bei der Ankunft in der Wohnung hat meine Schwiegermutter richtig boshaft folgenden Satz regelrecht gebellt:

"Wo ist deine Mutter?" "**Am Strand**!" "Ja, am Strand - die Dame badet und ich muss mich um Robert kümmern!!!"

Mein Gott, es ist erst einen Monat her, dass sie sich um ihn kümmert, und sie hat schon genug. Nun, jetzt schläft er, ich bin noch eine Stunde hier und dann kommt meine Mutter zurück.

In diesen Moment erinnere ich mich an ihre Worte, die sie an meinem Hochzeitstag zu mir sagte: „Ihr solltet bloß nicht sofort Kinder haben."

Wortlos gingen Jasna und ich zum Strand, um meine Mutter abzuholen. Jasna blieb am Strand, weil sie solche Angst vor ihren Worten hatte, oder besser gesagt vor der Art, wie sie dieses Feuer über mich ausgoss.

Meine Mutter konnte nicht glauben, dass meine Schwiegermutter so aufgebracht war, sie wollte um 14 Uhr zurückkommen und sich um Robert kümmern. Wegen des Friedens im Haus habe ich Darko nichts von diesem Vorfall gesagt. Ohne ihn um Zustimmung zu bitten, habe ich einfach meine Mutter gefragt, ob sie Robert mitnehmen möchte, da sie ja mit dem Auto da sind, bis ich eine andere Lösung für ihn gefunden habe.

"Kein Problem, mach dir keine Sorgen, lass ihn bei uns, solange du willst, wir haben nichts dagegen, er stört uns nicht." Sie gingen und mein Herz ist fast geplatzt vor Traurigkeit und Schmerz.

Dieses Ereignis hat große Bitterkeit in mir hinterlassen, so sehr ich gegen Deutschland war, es war mir plötzlich egal, wo ich den Rest meines Lebens verbringen würde, Deutschland oder in meinem Dorf Markuševec, nur nicht in diesem Haus. Ja, für diese Menschen war ich eine rückständige Frau aus dem Dorf, sie gaben mir dieses Gefühl.

Darko arbeitet nicht, er geht jeden Tag schwimmen oder in den Segelclub. Nach zwei Wochen fragte er mich:

**„Wann holen wir Robert, du hattest mich damals nicht gefragt, ob ich damit einverstanden bin, dass deine Mutter Robert mitnimmt."**

Dann habe ich ihm von dem Vorfall erzählt.

*„Wir können Robert holen, wenn ich frei habe, aber nur, wenn du bereit bist, auf Robert aufzupassen, während ich arbeite."*

Ich schrieb meiner Mutter einen Brief, dass wir kommen und Robert holen.

Elli und Siegfried haben Anfang August Urlaub und haben bei uns ein Zimmer gemietet. Elli hat sich über Robert gefreut, hat für ihn schöne Sachen zum Anziehen mitgebracht, und für meine Schwiegermutter ein paar Kleider und Sommerkostüme, die sie aus dem Katalog bestellt hatte.

Sie fragte mich auch, ob ich etwas bestellen würde. Ich blättere durch den Katalog und mein Auge bleibt an einem damals sehr modernen Hosenanzug hängen. Ich bewunderte ihn, aber der Blick auf den Preis hat meine Begeisterung gedämpft.

100 DM, fast ein halbes Gehalt, kommt nicht infrage. Meine Schwiegermutter fragt mich noch mal, ob ich etwas gefunden habe. Ja, aber es ist mir zu teuer, ich kann es mir nicht leisten.

Schade, war ihre Antwort. Sie hatte es leicht, sie würde es mit Elli und Siegfried abrechnen. Ich hatte gehofft, sie würde sagen, bestelle es, ich rechne mit Siegfried ab und du gibst es mir in Raten zurück.

Siegfried kaufte bei mir in der Istranka jeden Tag zwei Flaschen Radenska-Wasser und hinterließ immer ein schönes Trinkgeld. Mir war nicht klar, warum er Wasser im Gasthaus kaufte und nicht im Laden, wo es viel billiger ist und der Laden war nur ein paar Häuser entfernt.

Ich konnte ihn nicht fragen, weil ich kein Deutsch konnte. Ich sagte meiner Schwiegermutter, sie solle ihm sagen, das Wasser im Laden sei viel billiger. Seine Antwort war, hier ist es viel näher als bei der Hitze in den Laden zu gehen. Ich dachte, es ist schön wenn er sich das leisten kann, und das Trinkgeld kann ich gut gebrauchen. Ich habe mich öfter gefragt, ahnte er von der Lage in der wir uns befanden, und gibt er mir deswegen ein so großes Trinkgeld?

Elli und Siegfried sind abgereist und Anfang September bekommt Darko eine Nachricht vom Arbeitsamt, dass die Papiere für Deutschland fertig sind und er sie abholen soll. Er kommt nach Hause mit einem Arbeitsvertrag und einer Fahrkarte nach Recklinghausen in Deutschland.

Am 2. Oktober 1972 morgens beginnt die Abfahrt nach Zagreb und abends weiter nach München. Er hatte noch Zeit in Zagreb meine Eltern in Markuševec zu besuchen.

Bis zu seiner Abreise sind es noch vier Wochen. Vier Wochen intensiver Gespräche wie wir weitermachen. Für mich war klar, dass ich noch bis Weihnachten arbeite, dann macht das Gasthaus Winterpause. Wir vereinbarten, dass er zuerst mindestens ein Zimmer für uns sucht und dass er uns Weihnachten abholt.

Bin ich dazu bereit? Diese Frage stellte ich mir immer wieder. Es ist ein fremdes Land, und ich, mit einem kleinen Kind, ohne Sprachkenntnisse. Welche Option habe ich, allein mit unserem Sohn hier zu bleiben oder in diesem fremden Land, gemeinsam unser Leben neu zu beginnen.

**Der Tag unseres Abschieds am 2. Oktober 1972 kam so schnell.**

Am Vortag bekam ich mein letztes Gehalt. Davon wechselte ich einhunderttausend Dinar und bekomme dafür 200 DM. Ich leihe mir weitere 300 DM dazu. Das Geld war für Darko, damit er für die erste Zeit im fremden Land etwas hat. Mir bleiben noch zwanzigtausend Dinar für den ganzen Monat.

Das reicht grade, um die Milch für Rorbert zu bezahlen. Wasser und Strom werde ich bezahlen, wenn ich von meinem Trinkgeld genug gespart habe.

Ich hatte keine Zeit, über meine Situation nachzudenken, ich packte den Koffer für Darko, nur meine Tränen konnte ich nicht zurückhalten. Die Erinnerung an unseren Abschied am Bahnhof ist - ich sehe den Zug wegfahren und jemand winkt aus dem Fenster.

Ich spüre eine Hand auf meiner Schulter und zucke zusammen, schaue, wessen Hand es ist. Mein Bruder umarmte mich und sagte sanft: „Komm lass uns gehen, der Zug ist weg." Ich weiß nicht, wie wir nach Hause gekommen sind und erst der Blick auf unseren Sohn holte mich zurück in die Realität.

Dieses kleine Wesen braucht dich, lass ihn nicht im Stich, er hat nur dich. Nicht den Mut verlieren, halte durch, sei mutig! Ich rede mit mir selbst und umarme dieses kleine Wesen, das mich anlächelt. Er hat mich mit seinem Lächeln ermutigt.

Gut, dass ich an diesem Tag nachmittags arbeite und keine Zeit hatte, viel darüber nachzudenken, wo mein Mann ist, aber die Nacht war lang und schwer. Das Kissen trocknete erst nächsten Tag am Fenster.

Erst am 4. Oktober rief Darko seinen Vater im Büro an, dass er gut angekommen und jetzt bei Elli und Siegfried ist. Er wollte sich mit Elli bei der Firma melden. Ich habe mich etwas mit dieser Nachricht beruhigt. Der erste Brief kam aber erst eine Woche später.

Auch der Brief meiner Mutter aus Markuševec kam an. Da ich jedes zweite Wochenende freihatte und am Samstag, dem 14. Oktober Geburtstag hatte, schickte mir meine Mutter Geld für die Bahn, als Geschenk zum Geburtstag im Voraus. Freude mischte sich mit Traurigkeit.

Freitags arbeite ich bis 14 Uhr und der Zug nach Zagreb fährt um 16 Uhr in Rijeka ab. Borisić, Darkos Cousin, fährt uns mit seinem kleinen Fiat 500 zum Bahnhof und hilft mir beim Einsteigen in den Zug „Riviera Express".

Ein Schnellzug, der für 200 km bis nach Zagreb, dreieinhalb Stunden braucht.

Robert hat diese Reise verschlafen. Patenonkel Jurič und seine Tochter Jasna holten uns mit dem Auto am Bahnhof ab. Ein herzlicher Empfang in Markuševec.

Diese zwei Tage, eine echte mentale Pause, die leider schnell vergingen. Gespräche mit meiner Mutter über Deutschland und meine Angst, ohne Sprachkenntnisse in einem fremden Land zu leben, haben mich ermutigt.

**„Obwohl schweren Herzens, ich rate dir, geh deinem Mann nach, auch das Kind braucht seinen Vater. Versuche es, wenn es nicht klappt, kannst du jederzeit zurückkommen, unsere Tür steht dir und deiner Familie immer offen."**

Auf dem Rückweg nach Opatija wartete schon ein Brief von Darko auf mich. Er schreibt mir, dass er und Siegfried eine Wohnung für uns suchen, weil es einfacher ist, eine Wohnung zu finden, als nur ein Zimmer.

Wohnung, es ist erstaunlich, dass es so viele leere Wohnungen zu vermieten gibt, ich konnte es nicht glauben. Im nächsten Brief teilt er mir mit, dass sie mithilfe von Alfred Poesza eine Wohnung mit drei Zimmern und Küche gefunden haben, aber leider nur mit Toilette ohne Badezimmer. Ich kann jeden Samstag beim Vermieter baden, weil er dann einen Kohleofen anmacht, um das Wasser zu erhitzen. Darko badet jeden Tag in der Firma.

Es wäre nur für die erste Zeit, bis wir etwas anderes finden. Ob ich einverstanden bin? Ja bin ich einverstanden, ich bin ohne Bad und Toilette im Haus aufgewachsen. Baden in der Wäschewanne, und Toilette draußen bei der Scheune, kenne ich.

Zwei Tage später kommt ein Express Brief von Darko. Oh ho, was für eine Eile.

**„Mein Šumigica, verzeihe mir, du wirst einen Brief von mir erhalten, in dem ich sehr böse auf dich bin. Lese ihn am besten nicht, sondern werfe ihn sofort weg. Heute habe ich zwei Briefe von dir erhalten, als ich von der Arbeit kam."**

Meine Neugier war zu groß, der böse Brief ist angekommen.

**„Seit zwei Tagen kommt kein Brief von dir, wenn du in Markuševec bist, hast du keine Zeit für mich, du vergisst alles, du genießt es, du kümmerst dich wirklich um gar nichts."**

Ich konnte nicht anders, als ihm zu antworten, aber nicht so hart.

„Ja, ich **"genieße"** es, und ich habe auch in Markuševec genossen, unter Leuten, die mich fragen, ob ich hungrig bin. Ja, Darko, drei Wochen sind vergangen, seit du gegangen bist, deine Eltern wussten, wie viel Geld mir geblieben ist, als du gegangen bist, aber bisher haben sie mich nie gefragt, ob ich Hunger habe. Gut, dass die Leute am Arbeitsplatz mich das fragten. Sobald es dir möglich ist, holst du uns bitte ab".

Im nächsten Brief den ich bekommen habe, eine große Überraschung, 100 DM. Darko hat einen Vorschuss von 500 DM erhalten. Sie richten die Wohnung ein. Gardinen und Teppiche für 100 DM von den Vormietern gekauft. Schrank, Sofa und Tisch von Elli, sowie zwei Stühle. Ein Babybett, komplett mit Bettwäsche und Klamotten für Robert von Siegfrieds Schwester bekommen. Schlafzimmer und Küchenschrank mit Tisch und 2 Stühlen, gebraucht für 300 DM gekauft.

Küchenspüle eingemauert ohne Warmwasser. Von Siegfrieds Nachbarn einen gebrauchten Elektroherd, und einen Holzkohleofen von Elli zum Heizen der Küche ist auch da.

Für das Wohnzimmer haben sie einen Ölofen gekauft, der auch ein kleines Zimmer für Robert beheizt. Der Kühlschrank, den Elli und Sigfried auf der Straße vor einem Haus fanden, war für den Müll bestimmt.

Sie fragten die Leute, ob der in Ordnung sei, ja ist er, sie können ihn mitnehmen. Die Wohnung ist möbliert. Darko schickte mir die Skizze einer möblierten Wohnung. Ich kann nicht glauben, dass es wahr ist.

Die Wohnung ist möbliert, Robert und ich könnten früher kommen und nicht warten bis Weihnachten, bis Darko uns abholen wird. Darko war einverstanden, aber er wollte nicht, dass ich alleine mit Robert fahre, weil es eine längere Fahrt ist.

Er hat seine Mutter in einem Brief gefragt, ob sie bereit wäre, mich zu begleiten, wir würden ihr Ticket für den Zug bezahlen. Sie ist bereit. Auf meiner Arbeit gab es keine Probleme, sie haben für mich sofort Ersatz gefunden, ich habe noch bis 1. November gearbeitet.

Ich habe noch zwei Wochen bis zu Abfahrt. Ich fahre für eine Woche nach Markuševec, um mich von allen meinen Freunden, Nachbarn, Verwandten und meinen lieben Eltern zu verabschieden. Mutti fragte mich, ob sie ein paar Tage vor unserer Abfahrt kommen kann, um ein bisschen bei uns zu sein.

Ich bin glücklich mit ihrer Entscheidung. Mein Abschied von Markuševec war sehr hart und unter vielen Tränen. Es ist schon ein komisches Gefühl, wer weiß, wann ich zurückkomme. Recklinghausen ist über 1200 km von Markuševec entfernt.

Nach der Rückkehr aus Markuševec sagte mir meine Schwiegermutter, ich kann mit ihnen essen und brauche für den halben November, Milch, Strom und Wasser nicht bezahlen. Welch eine Wende! Warum, warum frage ich mich? Einen Monat lang hat sie mir nicht einmal Essen angeboten und jetzt auf einmal so viel Freundlichkeit? Es ist für mich ein komisches Gefühl und ein Rätsel, - ob sie froh ist, dass wir gehen -, es scheint mir so.

Meine Mutter ist gekommen, freut sich über ihren Enkel und ich kann mich in Ruhe auf die Abreise vorbereiten. Da wir nicht viel Gepäck haben, habe ich vom Bruder meiner Schwiegermutter eine große Holzkiste bekommen, die schnell mit Bettzeug, Bettdecken, Kissen usw. gefüllt war.

Wir schickten die Kiste zwei Tage vor unserer Abreise vorab mit dem Zug. Aber ich packte noch einen Koffer und eine Tasche mit Winter- und Sommersachen ein. Darin waren auch Schnaps, Wein und Prosciutto für Siegfried, als Geschenk zu seinem 40. Geburtstag, den er zwei Tage später feiert.

Meine Schwiegermutter hatte auch noch einen Koffer und eine Tasche mit Geschenken für ihre Freundin Hilde und ihren Mann Karl dabei. Eine Tasche mit Essen und Sachen für Robert, denn die Reise ist lang, fast 24 Stunden mit dem Zug.

Als mein Schwiegervater diese Koffer und Taschen sah, kommentierte er es auf seine Art: „So viele Koffer, also was zum Teufel hast du in diese Koffer getan, wozu brauchst du das alles"?

Ich konnte nicht anders, als ihm zu antworten: „Falls Sie es nicht wissen, ich fahre nicht in Urlaub nach Deutschland, ich werde in Deutschland leben".

**16. November 1972, der Tag meiner Abfahrt nach Deutschland kam schnell.**

Oma hält Robert in ihren Armen und ich sehe mich ein letztes Mal in meinem Schlafzimmer um, Erinnerungen kommen hoch und ich kann die Tränen nicht zurückhalten. Meine Eltern haben, als ich heiratete, einen günstigen Kredit für den Bau eines Hauses bekommen, und mit diesem

Geld war das Schlafzimmer bezahlt, und jetzt überlasse ich es anderen.

Pupo, der Bruder meiner Schwiegermutter, fährt uns zum Bahnhof, hinter uns Borisić mit Davor und Silvija, mit seinem kleinen Fićo. Mein Bruder Vid, er ist von der Insel Krk angereist, wo er für seine Firma arbeitet, erwartet uns am Bahnhof.

Es war wieder ein trauriger Abschied für mich. Meine Mutter umarmt mich und kann ihre Tränen nicht zurückhalten, ich auch nicht, und ihr Sohn tröstet sie mit einer Umarmung, so wie er mich vor anderthalb Monaten getröstet hat, als mein Mann gegangen ist. Der Zug fuhr um 20 Uhr ab, ich schaue aus dem Fenster und winke, obwohl ich vor Tränen und Dunkelheit nur die Lichter des Bahnsteigs sehe.

Die Zugfahrt nach München verlief reibungslos. Wir waren allein im Abteil, meine Schwiegermutter schlief auf der einen Seite und ich teilte mir mit Robert die Plätze auf der anderen Seite. Wir kamen um 6 Uhr morgens in München an. Die Nacht verging ohne Zwischenfälle.

Wir müssen umsteigen und hatten noch eine halbe Stunde Zeit bis zur Abfahrt des Zuges nach Wanne-Eickel, wo Darko und Siegfried auf uns warten sollten. Wir nahmen einen Gepäckträger, der uns beim Umsteigen in den nächsten Zug half.

Wir sitzen im Zugabteil, schauen aus dem Fenster und meine Gedanken sind in die nicht allzu ferne Vergangenheit gewandert. Damals hätte ich nicht gedacht, dass ich nur fünf Jahre später wieder in einem Zug am Münchner Hauptbahnhof sitzen würde.

Juni 1967 war meine erste Auslandsreise, die Niederlande - Den Haag. Die Cousine meines Vaters, Katica, die ich 1960 in Opatija kennenlernte, heiratete einen Holländer und lud mich zu einem Besuch ein.

Wir Jugoslawen konnten ohne Visum im Juni, Juli und August in die Niederlande reisen. Es gab keine Einschränkungen für Österreich, nur in Deutschland wurde ein Transitvisum gefordert. Bei dem Deutschen Konsulat in Zagreb reichte ich einen Visumantrag mit neuem Reisepass, einer Fotokopie des Rückfahrtickets und einer schriftlichen Erlaubnis meines Vaters ein, allein ins Ausland zu reisen, da ich noch minderjährig war.

Acht Tage später wurde das Visum in den Pass eingetragen. Die niederländische Polizei an der Grenze trug noch das Einreisedatum in den Pass ein und ich durfte drei Monate zu Besuch bleiben. Die Fahrt nach Den Haag dauerte 26 Stunden, und ich musste in München umsteigen. Gut, dass mein Nachbar nach München mitgereist war und mir geholfen hat, in einen Zug zu steigen, der einen Waggon direkt nach Den Haag hatte.

Die Fahrt durch Deutschland hinterließ eine wunderbare Erinnerung für mich. Große Bahnhöfe und Städte, schöne grüne Getreidefelder und Weinberge. Von Frankfurt nach Mainz, entlang des Mains, und weiter nach Köln, entlang des Rheins.

An diesem Teil der Strecke scheint mir der Rhein wie durch eine Schlucht zu fließen. Links und rechts Straßen und Eisenbahnschienen, Häuser und steile Hänge mit Weinbergen und oben darauf ab und zu eine Burg. Von Köln bis zur holländischen Grenze viel Industrie. Deutschland als Land blieb mir in guter Erinnerung, aber ich hätte damals nicht gedacht, dass ich eines Tages dort leben würde.

Die Zugfahrt nach Wanne-Eickel verlief gut. Robert war ein ruhiges Kind, hat viel geschlafen, kein Problem. In Nürnberg hat der Zug 10 Minuten Aufenthalt und meine Schwiegermutter schaffte es, Siegfried telefonisch anzurufen, um ihm mitzuteilen, dass wir eine Stunde früher ankommen, als ich Darko geschrieben hatte.

Wir kommen um 18 Uhr in Wanne-Eickel an. Meine Schwiegermutter sagt zu mir, ich sollte mit Robert zum Ausgang gehen und sie wird Darko und Siegfried die Koffer und Taschen durch das Fenster geben, weil der Zug nur drei Minuten Aufenthalt hat.

Der Zug hält, ich bin fast am Ausgang, da ruft mich meine Schwiegermutter zurück, weil draußen niemand ist. Sie geht nach draußen, ich setze Robert auf den Sitz und gebe ihr die Koffer aus dem Fenster. In diesem Moment kommt Siegfried keuchend an und hilft meiner Schwiegermutter, die Koffer und Taschen entgegenzunehmen. Der Zug ist abfahrbereit, alle Fahrgäste sind draußen, drei Minuten sind schon vergangen, aber ich bin noch nicht fertig. Ich gebe Siegfried die letzte Tasche, nehme Robert und verlasse den Zug, der unseretwegen Verspätung hat.

Wir begrüßen Siegfried und die Schwiegermutter fragt, wo Darko sei. Er erklärt ihr, dass er ihn nicht erreicht hat und ihm nicht sagen konnte, dass wir eine Stunde früher ankommen würden, also kam er allein.

Jetzt gehen wir zuerst zu ihnen, denn Elli hat etwas zu essen vorbereitet und Darko ist inzwischen sicher bei ihnen eingetroffen. So war es. Darko war traurig, weil er nicht wusste, dass wir früher als geplant ankommen würden, aber jetzt sind wir hier und alles ist gut.

Nach dem Abendessen bringt uns Sigfried zu unserem neuen Zuhause und Darko fuhr mit seinem Fahrrad. Es ist ein Fachwerkhaus und der Eingang ist seitlich vom Hof.

Ich betrete unser neues Zuhause und bin überrascht.

Direkt von draußen komme ich in den Flur, links die Küche und rechts die Toilette. In der Mitte die Treppe nach oben, daneben steht ein Kinderwagen. Ich schaue in die Küche und kann es nicht glauben, das ist meine Küche? Sie gehört uns?

Ich war sprachlos, Darko hat mir geschrieben, wie die Wohnung aussieht und wie er es geschafft hat, sie in so kurzer Zeit mit Hilfe guter Leute einzurichten, aber so was Schönes habe ich nicht erwartet.

Wir kommen die Treppe hoch, direkt in das für Robert eingerichtete Zimmer und weiter ins Wohnzimmer. Mein Glücksgefühl und meine Begeisterung sind grenzenlos. Ich lasse Robert auf der Couch sitzen und gehe zurück in das Schlafzimmer, das auf der anderen Seite ist, und aus Roberts Zimmer auch betreten wird.

Ich stehe und schaue auf die Betten und kann es nicht glauben, die Betten sind zum Schlafen gemacht. In der Ecke des Zimmers ein Waschbecken und zwei Handtücher. Die gute Elli hat an alles gedacht, sie hat uns Bettzeug, Kissen und Decken gegeben.

Meine Gedanken flogen in diesem Moment zu meiner Ankunft damals in Opatija und dem damaligen Anblick auf leere Betten, nur Matratzen und hier in einem fremden Land, hinlegen, zudecken und schlafen, alles ist da. Elli wusste, dass unsere Holzkiste mit Bettwäsche unterwegs ist und trotzdem hat sie die Betten bezogen.

Elli war aufgeregt, weil ich Robert allein auf der Couch gelassen habe, aber er rührt sich nicht und schaute nur um sich. Meine Schwiegermutter erzählt mir, dass Elli Angst hatte, dass mir die Wohnung nicht gefallen würde, weil sie kein Bad und alte Möbel hatte, aber als sie gesehen hatte, wie ich mich darüber freue, dass ich sogar Robert allein gelassen habe, um ins Schlafzimmer zu sehen, war ihre Angst verschwunden.

Ich wollte ihr mit weiteren Worten für alles danken, aber mein Deutsch war gleich null, **„Danke Elli",** war alles, was ich ihr sagen konnte, und vor Begeisterung liefen Tränen über mein Gesicht.

Da die Holzkiste noch nicht angekommen war, konnten wir meiner Schwiegermutter keine Couch zum Schlafen fertigmachen. Elli sagt zu ihr, dass es einfacher ist, sie schläft diese Nacht bei ihnen, als jetzt noch Bettwäsche zu bringen, es ist schon spät.

Am nächsten Tag, Samstag, kommt Siegfried mit meiner Schwiegermutter zurück und wir beide gehen mit ihm zum Bahnhof, um zu sehen, ob die Kiste angekommen ist. Sie ist da, und alles ist in Ordnung.

Unterwegs hielten wir zum Einkaufen an. DIVI, ein toller großer Supermarkt. Alles an einem Ort, von Lebensmitteln, Getränken über Haushaltsgegenständen bis hin zu einigen Kleidungsstücken.

Der erste Tag in der neuen Wohnung. In der Küche bereite ich mich vor, das Mittagessen zu kochen. Frikadellen und Salat aus Weißkohl und Kartoffeln. Meine Schwiegermutter guckt bei der Vorbereitung zu und sagt nichts.

Nach dem Mittagessen sagt sie zu mir, dass sie das so noch nicht gegessen oder zubereitet hat, aber sie muss mich loben, es war köstlich. Dann haben wir die Kiste ausgepackt und ein Bett (Couch) für sie gemacht. Robert spielte in seinem eingezäunten Kinderspielzimmer. Das Kinderzimmer, Spielzeug, Hochstuhl zum Sitzen beim Essen, Kinderwagen, Badewanne, Kinderbett mit Bettwäsche und viel Sachen zum Anziehen, haben wir von Siegfrieds Schwester bekommen. Was für ein Luxus!

Abends saßen wir zu dritt im Wohnzimmer, wir hatten keinen Fernseher, und hörten uns Radionachrichten an. Meine Schwiegermutter übersetzte für mich, ich höre nur zu und denke, wie soll ich diese Sprache lernen. Wenn ich alleine einkaufen gehe ist es gut, dass es einen Selbstbedienungs-Laden gibt, da komme ich schon zurecht, und wenn ich Mehl statt Salz nach Hause bringe, das habe ich schon gelernt, dass Mehl = Brašno ist, und nicht Salz.

Zucker ist einfach und wir nennen ihn auch Zuker, aber richtig kroatisch heißt es Šećer. Ich habe das Fleisch nach Farbe unterteilt,

Rind - rot, Schwein - heller und Hühnchen am hellsten und ein anderes Aussehen. Alles verpackt und in Frischhaltefolie eingewickelt, damit sie sehen können, was drin ist. Obst und Gemüse, kein Problem.

Sonntag, 19. November, Siegfried feiert seinen 40. Geburtstag. Um 16 Uhr waren wir zu Kaffee und Kuchen eingeladen. Er wollte uns abholen, aber die Schwiegermutter sagte ihm, dass wir zu Fuß kommen, weil wir einen Kinderwagen für Robert haben und ich ein bisschen von Recklinghausen sehen könnte, und er uns nach Hause bringen kann.

Wir sind fertig und ich will Robert noch die Schuhe anziehen, aber wegen der Socken und Strumpfhose waren diese schwer anzuziehen. Die Schwiegermutter meint, dass es besser ohne Schuhe sei und eine Socke reicht. Es ist nicht weit, und wir decken seine Beine mit einer Decke zu.

Ich wusste nicht, wie weit es war, aber gute 50 Minuten zu Fuß und ein Stück über das Feld, der Wind wehte und es war ziemlich kalt. Ich fürchtete, es ist zu kalt für Robert, hoffentlich erkältet er sich nicht. Vielleicht wäre es besser gewesen, wenn Siegfried uns geholt hätte, aber meine Schwiegermutter versichert mir, dass es für Robert nicht kalt ist.

Wir feierten den Geburtstag mit feinem Kuchen und einem Abendessen. Als Siegfried unser Geschenk, Prosciutto sah, leuchteten seine Augen. Siegfrieds Eltern, Schwester Margaret mit ihrem Mann Heinz und die dreijährige Tochter Christiana, die sich sofort in Robert verliebte und Robert in sie, sind auch gekommen.

Ich habe mich bei Ihnen bedankt, für alles, was sie uns gegeben haben, meine Schwiegermutter hat das übersetzt. Es war eine angenehme Gesellschaft, aber aufgrund meiner Unkenntnis der Sprache war es für mich etwas unangenehm.

**Mein Gott, ich werde diese Sprache nie lernen.**

Einen Tag später hat Robert eine laufende Nase, und nachts eine Temperatur von ca. 39 C. Ich hatte recht, er hat sich erkältet.

Ich lege Kompressen auf seine Beine und Arme, aber die Temperatur sinkt nur leicht und er beginnt zu husten. Darko arbeitet, wir haben kein Telefon, um Elli anzurufen und um Rat zu fragen.

Meine Schwiegermutter tröstet mich, das ist nichts, das ist normal für kleine Kinder. Zum Glück kam Alfred Poesze, ein Freund meiner Schwiegermutter, zu Besuch. Als er den Zustand von Robert sah, sprach er mit meiner Schwiegermutter, und ich starre nur wie ein Kalb voller Angst.

Er kennt einen Kinderarzt und fährt uns direkt zu ihm. Er erklärte dem Arzt die Situation bezüglich der Krankenversicherung, dass wir gerade aus Jugoslawien angekommen waren und alles andere.

Der Arzt untersuchte Robert sofort, eine schwere Erkältung, verschrieb ihm Antibiotika. Ich soll ihn warmhalten und ihm reichlich Flüssigkeit zu trinken geben. Wie bei jeder Erkältung waren die nächsten drei Tage hässlich, nachts hat er am meisten gehustet. Nach einer Woche war Robert wieder gesund.

Die Schwiegermutter blieb bis Anfang Dezember, wir gaben ihr 200 DM für den Rest des Darlehens, das wir aufgenommen haben vor Roberts Geburt, plus weitere 300 DM, um die Schulden bei dem Mann zurückzuzahlen, der es uns für Darkos Start in Deutschland geliehen hat.

Ich bin mit meiner Schwiegermutter zur Gemeinde gegangen, um mich anzumelden, nicht zur Polizei wie in Jugoslawien, um eine Aufenthaltserlaubnis zu bekommen.

Nach einem Gespräch mit dem Beamten, der uns erklärte, was wir dazu brauchen, waren wir überrascht.

Ich brauche eine Bestätigung, dass mein Mann eine Wohnung und einen sicheren Arbeitsplatz hat.

Aufenthalts- und Arbeitserlaubnis, Bescheinigung, wie viel er verdient, weil er seine Familie ernähren muss. Meine ärztliche Untersuchung würde dort durchgeführt und er muss mindestens ein Jahr in Deutschland leben, um seine Familie nachholen zu können.

Wir hatten alle Papiere, nur die Bestätigung, dass mein Mann ein Jahr in Deutschland lebt, fehlt uns. Wir haben alles der Gemeinde übergeben und auf Antwort gewartet.

Robert und ich haben eine Aufenthaltserlaubnis für 3 Monate bekommen, dann müssen wir beide wieder Deutschland verlassen.

Einen Monat vor Ablauf der Frist geht Elli mit mir zur Gemeinde, um zu fragen, ob es in Ordnung wäre, wenn ich mit Robert Deutschland verlasse, einen Monat in den Niederlanden verbringe und dann zurückkomme, weil wir von dieser Bedingung nichts wussten, aber alle anderen Bedingungen erfüllten.

Die gute Elli erklärte auch, dass es eine lange Zugfahrt von 24 Stunden nach Jugoslawien ist, und ich mit einem kleinen Kind in einem unzureichend beheizten Zug wäre.

In Den Haag habe ich eine Tante, bei der ich einen Monat bleiben kann und danach zurückkomme, und es ist nicht so weit wie nach Jugoslawien. Der nette Mitarbeiter rief seinen Chef an und erklärte ihm unsere Situation. Wenn alle anderen Voraussetzungen erfüllt sind, sollte das kein Hindernis für die Verlängerung der Aufenthaltserlaubnis sein. Ich habe eine Aufenthaltserlaubnis für ein Jahr bekommen!

Unser neues Leben in Deutschland begann, bescheiden aber glücklich, zufrieden und ohne Schulden.

## Jetzt sind wir im Jahr 2022

Diese Erinnerungen habe ich 1997 geschrieben, auf Kroatisch und ins Deutsche übersetzt. Sie lagen 25 Jahre in einer Schublade.

## Sie waren für meinen damals 25-jährigen Sohn Robert bestimmt.

In meinem bisherigen Leben ist viel passiert, aber ich habe die Jahre von 1997 bis 1999 nicht vergessen. Das war die Zeit, in der ich litt und psychologische Hilfe suchte. Mein Sohn war damals zwei Jahre verheiratet und plötzlich endete die Beziehung zwischen uns.

Diese wahren Erinnerungen aufzuschreiben war für mich, in dieser Zeit, auch eine Art Therapie, mein Wille und Lebenskampf, nach einer zweiten, bösartigen Erkrankung, mit der ich immer noch kämpfe, und die schon damals in vollem Gange war.

Ich habe sie nicht besiegt, ich akzeptiere sie und wir wurden Freunde. Nicht nur mein Wille und Lebenskampf war meine

Therapie, meine Familie war mir auch eine große Stütze. Auch Ärzte und ihre verschiedenen, medizinischen Therapien begleiten mich weiterhin.

2001 zerbrach die Ehe meines Sohnes. Er kommt zu uns und fragt, ob er eine Weile bei uns bleiben kann.

„Meine Tür steht für dich immer offen, habe ich dir damals gesagt, als du weggezogen bist, und seitdem hat sich nichts geändert."

Er entschuldigte sich für sein Verhalten und sagte mir, dass keine Frau ihn jemals, wieder davon abhalten könnte, mit seinen Eltern zu sprechen.

**Sein Versprechen hat er bis heute gehalten.**